SCHERZ

Tommy Jaud

KOMM ZU NIX

Nix erledigt und
trotzdem fertig

GUTE-LAUNE-STORYS

SCHERZ

Aus Verantwortung für die Umwelt hat sich der S. Fischer Verlag zu einer nachhaltigen Buchproduktion verpflichtet. Der bewusste Umgang mit unseren Ressourcen, der Schutz unseres Klimas und der Natur gehören zu unseren obersten Unternehmenszielen.

Gemeinsam mit unseren Partnern und Lieferanten setzen wir uns für eine klimaneutrale Buchproduktion ein, die den Erwerb von Klimazertifikaten zur Kompensation des CO_2-Ausstoßes einschließt.

Weitere Informationen finden Sie unter: www.klimaneutralerverlag.de

MIX
Papier | Fördert gute Waldnutzung
FSC® C083411
www.fsc.org

Erschienen bei FISCHER Scherz

Redaktion: Volker Jarck
Satz: Pinkuin Satz und Datentechnik, Berlin
Druck und Bindung: CPI books GmbH, Leck
Printed in Germany
ISBN 978-3-651-00119-0

INHALT

WAS BISHER GESCHAH

Herzlichen Glückwunsch, Sie haben das wichtigste Buch meines Lebens gekauft. Und Sie werden es nicht bereuen, dafür stehe ich mit meinem Namen.

In diesem Buch geht es um Alltag, und ja, ich bin kein normaler Mensch, so wie Sie, ich bin ein Comedy-Autor. Trotzdem bin ich mir sicher: Noch während Sie in meine Alltagseskalationen hineintauchen, werden Sie feststellen, dass das Leben eines Autors exakt so wahnwitzig und unberechenbar ist wie Ihres. Sie werden sich bisweilen vermutlich sogar klammheimlich freuen, dass ich an einem handelsüblichen Tag (EU-Norm 2837–3) noch weniger auf die Kette kriege als Sie. Sie kennen ja diese Tage, an denen es plötzlich Abend ist und Sie sich fragen, was zum Teufel das jetzt wieder sollte. Egal ob Sie Busfahrer, Kassierer oder Astronautentrainerin sind, wir teilen das gleiche Schicksal: Was auch immer ich mir für den Tag vornehme, ich komm zu nix. Und wenn ich mir etwas ganz besonders vornehme, dann komme ich zu gar nix. Weil halt einfach immer irgendwas ist. In den folgenden, für Sie womöglich sehr erheiternden Geschichten, die teils auf halbwahren Begebenheiten beruhen, erfahren Sie, warum.

Dieses Buch ist kein Roman. Nun ist es nicht so, dass ich keinen Roman mehr schreiben wollte. Ich wollte sogar wahnsinnig gern einen Roman schreiben, ich kam nur einfach nicht dazu. Immer war irgendwas, schon die kleinste Kleinigkeit lenkte mich ab: das Hochwasser, die Pandemie, das Finanzamt, die Klimakatastrophe, die Inflation und natürlich meine Frau.

Ja, ich bin leicht abzulenken. Selbst das Hüsteln einer Fruchtfliege, das Scharren eines Zweiges an meinem Fenster oder die Meldung, meine Funkmaus aufladen zu müssen, genügt, um mein komplettes Tagwerk zu pulverisieren. Schon eine einzige Textnachricht meiner Frau kann mich dermaßen aus dem Konzept bringen, dass ich danach wie gelähmt auf den großen Baum vor meinem Bürofenster starre, von dem ich noch immer nicht weiß, was es für einer ist. Hätte ich mal Zeit, würde ich *Birke* googeln, wegen des weißen Stammes. Zu meiner Frau: Oft will sie von mir wissen, was wir am Abend essen, schlägt dann aber stets indisch vor. Ich hasse indisch. Also das Essen, nicht die Inder, die Inder finde ich toll. Na jedenfalls, wenn ich so eine Essensnachfrage von meiner Frau bekomme, dann war's das. Dann klicke ich meinen Roman vom Bildschirm und starre auf eine wirre indische Speisekarte, die vornehmlich aus Reis-Gemüse-Lumumpe mit oder ohne Fleisch besteht. Ich rieche das doch schon den ganzen Tag! Weil sich nämlich direkt gegenüber von meinem Büro ein Restaurant mit ebendieser Kulinarik befindet. Dessen brodelnde Garküche feuert täglich so viel Lumumpen-Abluft durch den Schornstein, dass sich die Sonne über Köln verdunkelt. Einmal bin ich sogar mittags nach Hause gegangen, weil ich dachte, es sei schon Abend. Die schnatternden Lieferfahrer vor meinem Büro kann ich auch nicht ertragen. Ich versteh nämlich kein Wort, weil ich kein Indisch kann, und nein, ich will es auch nicht lernen. Ich bin mir aber sicher, dass die Fahrer beleidigend über meinen letzten Roman sprechen. Oder über Curry.

Ich weiß, Curry sagt man nicht mehr, aber das ist mir egal. Curry wird man ja wohl noch sagen dürfen. Die Inder dürfen auch gerne Wurst sagen. Ich darf über Indien sowieso alles sagen, weil ich seit neuestem Yoga mache und Nadi Shodana beherrsche. Nadi Shodana ist Sanskrit und bedeutet Wechselatmung. Man atmet mit einem Nasenloch ein und mit dem anderen aus, den Rest können Sie gerne googeln, wenn es Sie interessiert. Ich praktiziere Nadi Shodana täglich, nachdem ich die indischen Fahrer beschimpft und mein Bürofenster geschlossen habe. Natürlich schimpfen sie zurück. Aus den mutmaßlichen Anfeindungen der Fahrer gegen mich mache ich mir aber nichts, da bin ich als Kölner janz tolerant.

Natürlich hab ich mehrfach versucht, meiner Frau BBQ-Burger und Pommes vorzuschlagen, doch leider schaltet die geschickteste Ehefrau von allen ihr Handy während der Arbeit aus mit der Begründung, sie käme sonst zu nichts. Meine Frau ist auch Autorin und beendet ein Projekt nach dem anderen, wie sie mir gerne stolz verkündet, wenn wir uns am Abend bei einem Tandoori Murgh Masala darüber streiten, warum sie meine Burger-Nachricht nicht gelesen hat.

Damit Sie mich nicht falsch verstehen: Ich liebe meine Frau und gehe gern ins Büro zum Schreiben, so wie andere ja auch zur Arbeit gehen. Mein Büro liegt in der Kölner Innenstadt, und meine Arbeitszeiten sind Montag bis Donnerstag von 11 bis 13 Uhr und 15 bis 18 Uhr, freitags bis 16 Uhr, damit ich rechtzeitig zu »Zwischen Tüll und Tränen« vor dem Fernseher sitze.

Leider habe ich es bisher noch nie geschafft, meine Arbeitszeiten einzuhalten, und war neulich deswegen so ungehalten über mich, dass ich mir mein Gehalt kürzen musste. Sie sehen: Ich bin zwar Autor, aber am Ende des Tages dann eben doch ein ganz normaler Mensch, so wie Sie.

Ich muss zugeben: Am liebsten arbeite ich alleine. Dennoch eröffnete ich vor wenigen Jahren aus Gründen der sozialen Teilhabe eine Bürogemeinschaft mit anderen Autoren. Oder Autorenden, wie man jetzt ja sagt. Es waren anstrengende Jahre. Immer wenn ein Autor jeglichen Geschlechts erfolgreicher wurde als ich, erläuterte ich in einem verständnisvollen Gespräch die mannigfaltigen Vorteile der Heimarbeit und kündigte den Untermietvertrag. Dies ging so lange gut, bis irgendwann der Punkt kam, an dem sechs Büroräume für mich allein keinen rechten Sinn mehr ergaben.

Viel Verständnis kann ich für all dies natürlich nicht erwarten, im Gegenteil: Vermutlich fragen Sie sich, was zum Teufel dieser egozentrische Schreib-Monk eigentlich den ganzen Tag macht, seit man nichts mehr von ihm gehört hat. Ganz ehrlich? Ich weiß es nicht, ich bin einfach zu beschäftigt.

Ich fahre ins Büro, und dann ist es plötzlich Abend. Ja, ich weiß, ich bin Autor, ich kenne die Vorurteile. Kommen Sie mir also bitte nicht mit dem überholten Bild der Schreibblockade. Ein Autor mit einer Blockade ist leer und hat keine Ideen. Ich hingegen hab so viele Ideen, dass ich gar nicht weiß, wohin damit!

Es sind Tausende, und stündlich kommen neue dazu. Mal schreibe ich sie auf einen Zettel, mal erzähle ich sie dem Chatbot meiner Krankenkasse, dann wieder kritzle ich sie auf meine eigens für Ideen angefertigte Schultafel in der Büroküche. Noch immer steht dort direkt neben der Kaffeemaschine mit oranger Kreide: »Super-Idee für einen Bestseller!«

Sobald ich rausfinde, was für eine Idee das war, lege ich los, versprochen.

Heute ärgere ich mich über meine vormals mangelhafte Notizkultur. Damit mir kein einziger Blockbuster, Bestseller oder Broadway-Knaller mehr verschüttgeht, verwalte ich meine Geistesblitze jetzt akribisch und digital in meinen Ideen-Clouds Dropbox, iCloud und einer dritten, die ich vergessen habe. Dort sind die Ideen sauber abgespeichert in Ordnern wie »Ideen«, »Ideen neu«, »Ideen ganz neu«, »Ideen für Romane«, »Romanideen« und »Romanideen ganz neu«. Jaja, ich weiß, bösartige russische Hacker könnten meine Ideen klauen und gegen den unschuldigen Westen verwenden. Das ist aber gar nicht mein Problem, mein Problem ist, dass meine Ideen so gut sind, dass ich jede Woche eine andere favorisiere.

Was ich aktuell schreibe, fragen Sie? Ah, fragen Sie nicht. Ich erzähle es Ihnen trotzdem gern. Also, zurzeit sitze ich an der Geschichte über den antiken griechischen Gallionsfigurschnitzer Attik, den der Lärm des benachbarten indischen Hufschmieds so nervt, dass er ihn mit einer gefrorenen Lammschulter erschlägt und den Leichnam heimlich in eine Gallionsfigur zimmert, die er dann auf dem Athener Marktplatz aufstellen lässt. Als die vorbeijoggende Göttin Nike Blut aus dem Denkmal rinnen sieht, ruft sie das Athener Ordnungsamt an und … na ja … mir ist schon klar, da steckt eventuell noch ein wenig Arbeit drin. Und dann sei eine Gallionsfigur etwas anderes als ein Denkmal und Gefrierschränke noch nicht erfunden, ließ mich meine sympathische Verlagslektorin wissen. Seitdem bin ich ein wenig verunsichert.

Trotz meiner auffallenden Verhaltensunauffälligkeit weiß ein ehrbarer Verlag natürlich, was er an mir hat: Es sind nicht eingehaltene Abgabetermine, wochenlange Nichterreichbarkeit und seit gut drei Jahren: kein Roman. Als ich das letzte Mal in Frankfurt war, sagte mir die Programmleiterin, ich solle mir mit dem Roman keinen Druck machen und mir alle Zeit der Welt nehmen. Aber einen neuen Vertrag könne man doch schon mal aufsetzen, mit einem Abgabedatum, das mir keine Angst mache. Ich nahm sofort ein Taxi zum Bahnhof.

Mir macht jedes Abgabedatum Angst, auch der 19.8.2056. Eine Deadline killt einfach jede Kreativität. 280 Seiten bis 2056 schreiben zu müssen, ist in etwa so, wie bis zum 19.8.2056 zehn Kilo abzunehmen. Da denken Sie sich doch auch: Das ist jetzt aber echt viel Zeit, da kann ich doch bis Ende 2055 noch lecker essen gehen und danach die Diät machen. Und einen Tag vor dem 19.8.2056 stellen Sie dann gefrustet fest, dass Sie immer noch unfassbar fett sind, und halten Ihr Leben für sinnlos.

Jetzt wissen Sie, warum Sie keinen Roman in Ihren gepflegten Händen halten, sondern einen Band mit Alltagssatiren. Satiren haben kein Abgabedatum und schreiben sich daher wie von selbst. Satiren sind eine Win-win-win-Situation für Sie, den Verlag und für mich.

Die Einzige, die mir noch Druck macht, ist meine Mutter. Bei meinem letzten Besuch suchten wir gerade bester Laune Silberfischchen-Köderdosen in einem Drogeriemarkt aus, da platzte es plötzlich aus ihr heraus:

»Die Gaby Scheller hat deinen letzten Roman gelesen!«

»Und?«

»Warst schon mal lustiger!«

Ich bin dann recht zügig zurück nach Köln gefahren und habe meinen Mental-Coach kontaktiert. Mein Mental-Coach ist eigentlich Psychotherapeut, aber Mental-Coach klingt besser.

»Was bremst Sie denn mit dem Roman?«, war die erste Frage meines Coaches, über dessen Namen man keine Witze machen darf, weil er da sehr sensibel ist.

Ich wusste nicht, was mich bremst. Erst nach siebzehn Sitzungen gebar mein tiefstes Unter-Ich eine zittrige Ahnung:

»Ich glaube, ich habe Angst, dass der Roman Gaby Scheller nicht gefällt.«

»Da haben wir es! Schreiben Sie den Roman doch einfach für Gaby Scheller!«, schlug Dr. Hutschnur vor.

»Das ist gut. Wirklich gut. Danke. Hut ab!«

Gute hundert Meter von der Praxis entfernt hatte ich bereits ausgerechnet, dass es totaler Blödsinn war, einen Roman nur für Gaby Scheller zu schreiben. Mit einem einzigen verkauften Exemplar pro Jahr würde ich meinen aufwendigen Lebensstil mit Netflix für vier Geräte, unterbrechungsfreiem Notstrom für meinen Weinkühlschrank und einem Magnum Mini täglich niemals halten können.

Ausgerechnet die kreativste Ehefrau von allen kam mit der goldenen Satiren-Idee um die Ecke. Sie wissen schon, das ist die, die auch Autorin ist und ein Projekt nach dem anderen beendet und die ich dennoch sehr liebe. Sie fragte mich, warum ich nicht einfach darüber schriebe, dass ich zu nichts käme. Sie jedenfalls finde es sehr witzig, wie mich mein Saugroboter in den Wahnsinn getrieben hätte, DHL und meine Mehrwegsalatbox.

»Ich schreib doch nicht über meinen Saugroboter, das wird doch nie ein Roman.«

»Ja, eben! Schreib einfach kurze, lustige Geschichten!«

»Und das Buch nenne ich dann ›Komm zu nix‹ und schreib ›Kein Roman‹ drunter, oder was?«

Verärgert griff ich zu meinem Handy und stöberte in der Shop-Apotheke, wo ich ein pflanzliches Beruhigungsmittel mit einem Rabatt von drei Prozent und eine von Günther Jauch signierte Nasendusche erwarb. (Günther Jauch muss TV-Werbung für die Shop-Apotheke machen, seit im letzten Jahr so viele die Millionenfrage geknackt haben.) Meine Frau schaltete den Fernseher ein und lenkte sich mit einer Folge »Kampf der Realitystars« inklusive aller Werbeblöcke (unter anderem mit Günther Jauch) ab. Ich hingegen dachte nach. Als meine Frau zur Doku »Die ungefährlichsten Schulwege der Welt« schaltete, sagte ich zu ihr: »Du hast recht. Ich schreib einfach, warum ich zu nix komme! Und ich nenne es ›KOMM ZU NIX‹.«

»Gut!«

»Und mit dem Saugroboter fange ich an.«

»Super.«

Am Morgen notierte ich mir für die nächste Sitzung bei Dr. Hutschnur meine Gefühle im Ordner »Gefühle neu«, frühstückte einen Haferkeks mit ugandischem Fairtrade-Kaffee und bestieg stolz die Straßenbahn der Linie 1, die mich und meinen Tatendrang ins Büro bringen würde. Unglücklicherweise hatte eine Entenfamilie das Wort »Gleisbett« falsch verstanden und es sich dort so gemütlich gemacht, dass unsere und die vierzehn Bahnen dahinter erst dann weiterfahren konnten, als das Kölner Ententaxi, das Ordnungsamt und das SEK die wertvollen Tiere unter dem Applaus der dehydrierten Fahrgäste gerettet hatten.

Egal, dachte ich mir, als ich gegen 16 Uhr in meinem Büro kurz vor den Wasserflaschen zusammenklappte. Fange ich halt morgen an mit »Komm zu nix«.

DER BACHELOR

Neulich merkte meine Frau an, dass der Fußboden in meinem Büro der Pflege bedürfe. Als Beweis, dass dem nicht so war, rollte ich mit meiner blitzweißen Leinenhose darüber. Da ich danach aussah wie ein Wiener Schnitzel, musste ich meiner Frau recht geben. Und nun? Da ich keine wertvolle Zeit in Raumpflegearbeiten investieren wollte und eine Putzkraft beim konzentrierten Verfassen meines neuen Romans sicher stören würde, entschloss ich mich zum Kauf eines modernen Saugroboters.

Ich ging in den besten Laden. Mit dem RV 400, so versprach mir der engagierte Verkäufer, könne ich mich in Ruhe dem Schreiben widmen. Zur gleichen Zeit würde mein neues Helferlein sämtliche Böden selbständig, geräuscharm und gründlich reinigen. Ein wahres Zeitsparwunder sei das Ding und genau das Richtige für mich. Zudem sei der formschöne Saugroboter gerade im Angebot: Zusammen mit dem großen Ersatzteilepaket und einem Thermomix würde ich auf der Stelle satte zwei Prozent im Vergleich zu den teuren Einzelverkaufspreisen sparen! Nun wusste ich zwar nicht, was ein Thermomix ist, aber machen wir uns nichts vor: Wer will in diesen Zeiten keine zwei Prozent sparen? Da dieses exklusive Angebot zudem nur noch bis Ladenschluss galt, musste ich einfach zuschlagen.

Mit zwei riesigen Tüten stolzierte ich aus dem Geschäft und war froh, diesen Kauf getätigt zu haben. Warum sollte ich mein wahres Talent mit der nachhaltigen Pflege von Parkettböden verschwenden, wenn ein Roboter dies viel schneller und besser konnte? Der Verkäufer winkte noch einmal kurz hinter der Glastür und zog dann eilig das Rollgitter nach unten.

Im Büro machte ich mich beschwingt an das Auspacken meines brandneuen Saugroboters. Das Einrichten war kinderleicht: Es gab eine 159-seitige Gebrauchsanweisung, die ich vor Inbetriebnahme unbedingt lesen sollte. Tat ich das nicht, so hieß es bereits auf der zweiten Seite, könnte der Roboter entweder in Flammen aufgehen, gefährliche Gegenstände von Schränken fallen lassen oder gar explodieren. Er könnte mich zudem zerquetschen, überrollen, ersticken, massakrieren, frittieren oder hinterrücks meucheln. Ferner riet mir der Hersteller dringend, den Saugroboter nicht ins offene Feuer zu werfen. Das leuchtete mir ein, und ich war dankbar, dass man mir diese wichtigen Informationen zur rechten Zeit zukommen ließ. Sicherheitshalber notierte ich mir mit Kreide »Roboter nicht ins Feuer werfen!« auf meiner großen Schultafel.

Zunächst, so hieß es in der Anleitung, musste ich mein Büro »robotergerecht« machen: Also stellte ich alle Bodenlampen, Abfalleimer und Stühle hoch, nahm die Gardinen ab, schleppte meinen runden Teppich und den Ventilator auf den Balkon, entfernte sämtliche lose auf dem Boden liegenden Stromkabel und deponierte Klobürste, Wäschekorb und Schuhe auf meinem Schreibtisch. Während ich die Schutzfolien des RV 400 entfernte, klingelte mein Handy, vermutlich jemand vom Verlag. Da ich das Telefon unter den abgenommenen Gardinen vermutete, auf denen mehrere Stühle standen, würde ich einfach später, während des geräuscharmen Saugvorgangs, zurückrufen.

Behutsam montierte ich die Seitenbürste und löste die Transportsicherung. Nun war es gleich so weit: Ich musste nur noch die Basisstation einrichten und meinen Roboter mit fairem Ökostrom aufladen. Ein Kinderspiel! Schon nach wenigen Handgriffen signalisierten mir blinkende LEDs, dass ich alles falsch gemacht hatte.

Erst eine Stunde später wurde mir die erfolgreiche Endmontage vermeldet, so dass ich mich mit einer Tafel Ritter Sport Knusperkeks belohnte. Da ich sämtliche Stühle bereits auf die Couch gestellt hatte, genoss ich die Schokolade auf dem schmutzigen Boden und dachte dabei über einen Namen für meine neue Putzkraft nach. Als von vielen Seiten gepriesener Frauenversteher und Reality-Fan entschied ich mich für »Der Bachelor«. Nur eine Kleinigkeit musste ich noch erledigen: Wenn ich den Bachelor über die App steuern wollte, musste er ins WLAN. Nachdem ich mein Handy in der Gardinenrolle gefunden hatte, lud ich die App, klickte auf »Verbinden« und bewunderte die Fehlermeldung.

Dann sprach ich mit dem Hersteller meines WLAN-Routers, der Telekom, Apple, der Rheinenergie, dem 1. FC Köln und Toni Schumacher. Dieser hatte zufälligerweise den gleichen Saugroboter und verriet mir, dass ich für eine WLAN-Verbindung beide Funktionstasten am Roboter einfach nur so lange gedrückt halten müsse, bis die LED grün blinke. Ich bedankte mich und folgte den Anweisungen der Kölner Saugroboterlegende.

Als die LED nach drei Stunden immer noch gelb blinkte, nahm ich die letzte Straßenbahn nach Hause, wo ich den Thermomix an prominenter Stelle in der Küche platzierte. Ich wusste zwar immer noch nicht, was man mit diesem geheimnisvollen Dings machen konnte, aber da auf der Verpackung diverse Lebensmittel und eine glückliche Frau abgebildet waren, schien es genau das richtige Gerät für meine Frau.

Als ich am nächsten Morgen gegen Mittag erwachte, war meine Frau schon zur Arbeit gefahren und der Thermomix unangetastet. Seltsam. Ich schrieb »Für dich!« auf einen Zettel und eilte ins Büro, wo ich mich mit frischer Kraft an die Inbetriebnahme meines Saug-Bachelors machte.

Plötzlich gelang alles mit Leichtigkeit: Die LED leuchtete grün, und die übertrieben benutzerfreundliche App führte mich durch alle Schritte. Schon war es so weit: Der Bachelor war einsatzbereit! Von der Büroküche eilte ich in mein Schreibzimmer. Da mein Bürostuhl auf dem Schreibtisch stand, setzte ich mich unter den Schreibtisch, von wo aus ich den Roboter via App startete. Augenblicklich drang ein Geräusch aus der Küche, das sich mit »frischgestartete Triebwerke einer alten Boeing 737« wohl am besten beschreiben lässt. Hatte der pomadige Verkäufer nicht etwas von »geräuscharm« gesagt?

Nicht ohne mir den Kopf an der Tischplatte zu stoßen, sprang ich auf und hastete in die Küche. Dort raste der Bachelor gerade auf seine eigene Bedienungsanleitung zu. Mit einem beherzten Sprung konnte ich sie ergreifen, kurz bevor die rotierende Seitenbürste sie zerfetzt hätte. Mit einem überraschenden Schlenker bog der Roboter Richtung Couch ab.

Er will unter die Couch!

Dank einer geschickten Rollbewegung rettete ich ein paar alte Tennissocken und eine angebissene Ritter Sport Alpenmilch. Seltsam, die aß ich seit Jahren nicht mehr. Fieberhaft suchte ich den Abfalleimer, wobei ich beinahe von einer hochgestellten

Bodenlampe erschlagen wurde. Nach mehrminütiger Wechselatmung (Nadi Shodana!) im eilig verriegelten Waschraum wurde mir klar, dass ich so vermutlich nicht würde arbeiten können.

Ich schloss den dröhnenden Bachelor in der Küche ein. Für eine Weile war ich froh, doch dann überkam mich ein schlechtes Gewissen, schließlich war es das erste Mal, dass ich jemanden einsperrte. Jemanden?

»Jetzt stell dich nicht so an, es ist ein verdammter Roboter!«, stöhnte ich laut und beschloss, mit meiner eigentlichen Arbeit zu beginnen: dem Schreiben. Dann ging ich zu meinem Schreibtisch, stellte ruhig meinen Stuhl wieder auf den Boden, nahm den Wäschekorb von der Tastatur und schaltete meinen Rechner ein.

Nichts.

Irritiert blickte ich zu Boden. Ah! Ich hatte ja den Stecker gezogen, damit das Kabel den Saugvorgang nicht störte! Da rumpelte es an der geschlossenen Küchentür. Einmal. Zweimal. Dreimal. Der Bachelor!

»Is' zu!«, rief ich. »Wofür hast du denn 23 Sensoren, du Idiot?«

Unbeeindruckt und mit lautem Getöse donnerte der Bachelor weiter gegen das Holz. Jetzt reichte es mir. Ich riss die Tür auf. Der Bachelor nutzte dies skrupellos, um mich zu umfahren und Kurs auf mein Schreibzimmer zu nehmen. Verwirrt starrte ich ihm nach.

»Nein! Nicht dahin. Mach das Bad sauber! Das Bad, hörst du? Ich muss schreiben! Hallo?«

Der Roboter ignorierte mich und traktierte stattdessen meinen Bürostuhl. Ich flüchtete über das Treppenhaus aus dem Gebäude und eilte zur erstbesten Parkbank, wo ich mich abermals mit Wechselatmung beruhigte.

Ich musste etwas tun! Nur was? Dann fiel mir ein, woran mich mein Saugroboter erinnerte. Ich zog mein Handy und las die Zusammenfassung von »Terminator«:

> *Intelligente Maschinen übernehmen die Kontrolle. Doch die Menschheit leistet Widerstand, angeführt von John Connor. Deshalb schicken die Maschinen den »Terminator« in das Jahr 1984, um Connors Mutter zu töten, bevor sie den Kopf des Widerstands gebären kann.*

Ich hielt die Luft an und starrte in den grauen Kölner Himmel. Die Sache war klar: ICH war John Connor, ich war der Widerstand gegen die Maschinen. Und das konnte nur heißen, dass die Firma Vorwerk meine Mutter töten wollte, bevor sie mich gebären konnte!

Ich musste meine Mutter warnen. Sie sollte sich bei Gaby Scheller verstecken, bis ich die Maschinen besiegt hätte. Leider ging sie nicht ans Telefon. Ich nutzte die Zeit, um beim Hersteller der Maschine nachzuhaken. Die Vorwerk-Kundenhotline versicherte mir glaubhaft, dass der Tod meiner Mutter kein vorrangiges Unternehmensziel sei. Zudem sei ich laut Kundendatenbank ja schon geboren. Das klang aufs erste Ohr logisch, ergab aber natürlich nur in einer kranken Parallelwelt Sinn. Dann geschah etwas Wunderbares: Mein Handy vibrierte mit einer Nachricht vom Bachelor.

Ich bin fertig mit der Reinigung.

Sofort machte sich wohlige Erleichterung breit. Was machte ich mir auch nur immer für einen Kopf? Es hatte doch alles geklappt. Beruhigt fuhr ich nach Hause, wo mir meine Ehefrau eine fade graue Brokkolisuppe mit dem Thermomix bereitet hatte. Obgleich ich Brokkoli und Suppen hasse, dankte ich ihr von Herzen.

Am nächsten Tag arbeitete ich von zu Hause aus, man wusste ja nie, was der Bachelor im Schilde führte. Zu Hause konnte ich in Ruhe die Kapitelübersicht meines neuen Romans fertigstellen und meinem Verlag mailen. Ich fühlte mich wohl in meinem neuen Heimbüro. Nur ein einziges Mal wurde ich in meinem kreativen Tun unterbrochen: Meine Frau wollte wissen, welche Suppe sie mir heute im Thermomix bereiten dürfe – Blumenkohl oder Möhre. Ich entschied mich für Möhre.

Da ich mich zu Hause in Sicherheit wähnte, startete ich per App ein zweites Mal den Büroroboter. Da konnte er so laut sein, wie er wollte, und mein Büro würde bald so sauber sein, dass ich zurückkehren und schreiben konnte. Und in Zukunft, so beschloss ich, würde ich immer dann von zu Hause aus arbeiten, wenn der Bachelor im Büro arbeitete.

Überraschenderweise kam alles ganz genauso wie gewünscht: Der Bachelor startete und vermeldete erste Reinigungserfolge, während ich in Ruhe vor dem Notebook saß. Und eine dünne graue Möhrensuppe hatte ich auch noch. Ein Hoch auf die moderne Technik! Ich hatte mir gerade heimlich ein Brot geschmiert, als ich die folgende Nachricht vom Bachelor bekam:

Hilfe, ich stecke fest. Bitte heb mich hoch und platziere mich auf einer freien Fläche.

Ich zuckte zusammen. War das eine Falle? Fake News? Ein Streich von Elon Musk?

Angespannt raste ich ins Büro, wo ich meinen Wagen mit Warnblinker quer vor dem Eingang parkte. Im Büro bot sich mir ein Bild des Jammers: Der Bachelor steckte hilflos blinkend zwischen Couch und Wand fest. Gut so!

Während dem Bachelor Minute um Minute die Kräfte schwanden, machte ich mein Büro wieder autorengerecht, und mit jedem Gegenstand, den ich an seinen angestammten Platz zurückstellte, wuchs die Freude. Wie schön meine orangen Gardinen aussahen, wenn die Sonne darauf fiel. Wie gemütlich mein Küchentisch wirkte mit dem Teppich daneben und wie aufgeräumt mein Arbeitsplatz. An der Notiztafel stand noch immer: »Roboter nicht ins Feuer werfen!« Ganz ehrlich? Das hätte ich gern gemacht. So viel wertvolle Arbeitszeit hatte mich seit der PlayStation 5 noch kein Gerät gekostet.

Also gab ich den Bachelor samt Ersatzteileset zurück; den Thermomix musste ich behalten, weil er nach Möhre roch. Ich bekam anstandslos mein Geld erstattet sowie zehn Liter Reinigungsflüssigkeit für den Fensterputzautomaten VR 100 als Entschuldigung für die Unannehmlichkeiten. Leider bekam ich keinen Fensterputzautomaten. Immerhin: Meine Frau schien zufrieden und bedankte sich mit einer salzarmen Kohlrabisuppe bei mir: »Weißt du«, sagte sie, »es ist nicht wirklich charmant, einer Frau ein Kochgerät zu schenken. Aber jetzt, wo wir's schon mal haben …«

Bejahenderweise bot ich als Entschuldigung meine Kochkünste für den nächsten Abend an. Konkret dachte ich an eine fränkische Sauerkraut-Bratwurst-Suppe, denn zum Glück wusste ich ja jetzt, dass ein Thermomix ein Suppenautomat ist.

Ich dachte an nichts Schlimmes mehr und war auch schon bettfertig, als folgende Nachricht meines Saugroboters auf dem Handy einschlug:

Ich komme wieder.

Die Sicherheit meiner Familie ist wichtiger als das Schreiben. Noch am selben Abend machte ich mich auf den Weg zu meiner Mutter.

GENUSSRECHTE

Kurz nach der Rückkehr von meiner Mutter machte meine für gewöhnlich überaus vernunftbegabte Ehefrau den wahnwitzigen Vorschlag, nach Aschermittwoch auf Alkohol zu verzichten. Für vierzig Tage. Wegen der Fastenzeit. Sie habe den Eindruck gewonnen, dass uns eine Alkoholpause guttun würde, und wenn nach Karneval eh alle fasteten, dann würde es auch nicht so auffallen. Augenblicklich sank die gefühlte Raumtemperatur um mehrere Grad. Verdutzt stellte ich mein Weinglas ab.

»Was würde nicht so auffallen?«

»Dass wir so viel trinken!«, flüsterte meine Frau.

»Aber wir trinken doch nicht viel!«, protestierte ich.

»Hast du die Frau vergessen, die du beim Altglas getroffen hast?«

»Nur weil sie mich gefragt hat, wie mein Restaurant heißt?«

»Ja. Genau deswegen.«

»Lächerlich.«

»Kein Tropfen bis Ostern!«

»Das Restaurant hieß ›Je m'en fous‹!«

Ich schenkte mir reichlich Wein nach und schwieg. Vielleicht hatte meine Frau ja recht. Ein bisschen weniger Alkohol zu trinken würde uns gesundheitlich vermutlich sogar guttun. Und da ich erst neulich das Sachbuch »Die 1%-Methode« gelesen hatte, schlug ich vor, auf ebendieses Prozent zu verzichten. Doch meine Frau blieb eisern und fügte an, ein Prozent weniger zu trinken sei lächerlich. Gar kein Alkohol bis Ostern! Das müsse doch zu machen sein! Meine Körperspannung stieg, und mein rechtes Bein krampfte.

Welchen Sinn hatte ein Leben ohne Wein in diesen bleiernen Zeiten? Welchen Grund gab es, am Morgen aufzustehen und nach Hause zu kommen am Abend, wenn nicht für ein Glas Wein? Schließlich hatten wir wegen der Rettung meiner Mutter nicht mal Karneval gefeiert! Wir waren auch keine Mitglieder irgendeiner Kirche mit Verzichtstradition. Warum zum Teufel also fasten?

»Weil es uns guttun würde.«

»Dann faste du doch!«

»Das kann ich nicht, weil du dann vor mir sitzt mit deinem Wein und mich provozierst.«

»Ich kann ja im Bad trinken.«

»Vorsicht! Vermeidung durch Humor!«

Ich bat meine Frau, die Tipps von Dr. Hutschnur nicht gegen mich zu verwenden, und schlug einen Kompromiss zum kompletten Alkoholverzicht vor: eine bestimmte Anzahl von Genussrechten. Das

Wort »Genussrechte« hatte ich am Nachmittag in einem Börsenkommentar aufgeschnappt und in meinem Ordner »Börsenkommentare neu« abgespeichert.

»Was für Rechte?«

Eilig zimmerte ich mir eine Erklärung zurecht.

»Na, so Gutscheine für Wein. Wir schauen einfach, wie viel wir trinken wollen in der Fastenzeit, und so viele Gutscheine gibt's dann für jeden. Dann trinken wir weniger, haben die volle Kontrolle und genießen die wenigen Gläser auch richtig!«

Zu meiner großen Überraschung überzeugte der Vorschlag meine Frau.

»Aber höchstens ein Glas am Tag!«

»Einverstanden!«

»Wirklich?«

»Ja. Ein schöner Kompromiss! Wann fangen wir an?«

»Morgen!«, antwortete meine Frau erleichtert. Dann umarmten wir uns und schenkten uns nach.

Bei der zweiten Flasche Wein besprachen wir das genaue Prozedere und gründeten die Genussrecht-Zentral-Bank, kurz GZB. Wir setzten uns selbst als Direktion ein und beschlossen die limitierte Ausgabe von je vierzig Genussrechten für jeden von uns. Mit Herstellung und Entwurf der Gutscheine wurde ich beauftragt. Mein Vorschlag einer Aufwandsentschädigung in Höhe von fünf Genussrechten wurde leider brüsk abgelehnt. Nach nur einer Stunde setzten wir unsere Unterschriften unter den Vertrag und stießen mit einer Flasche Winzersekt auf unsere wunderbare Idee an. Statt uns asketisch und übellaunig an Grüntee festzuhalten, würden wir dank unseres ausgeklügelten Genussrechtesystems gut gelaunt durch die Fastenzeit spazieren und dann noch unserem Körper etwas Gutes tun!

Gleich am nächsten Morgen setzte ich mich an die Gestaltung der Genussrechtescheine, die mir prächtig gelangen. Sie sahen aus wie Dollarnoten: Auf der Vorderseite waren neben dem edlen Wappen der GZB meine Frau und ich selbst abgebildet. Die Rückseite zierte ein Weingut, über dem in geschwungenen Lettern *In wine we trust* stand und natürlich der Wert des Scheins: EIN GLAS WEIN. Ich druckte vierzig Scheine für jeden, wie vereinbart. Als ich sie mit einem Haushaltsgummi zu zwei Bündeln zusammenband, meinte ich, pures Gold in den Händen zu halten.

Zum Abendessen übergab ich meiner Frau feierlich ihren Anteil. Sie zählte sofort nach.

»Warum hab ich nur 38?«

Ich händigte ihr widerwillig zwei meiner Scheine aus.

»Sorry, manchmal spinnt mein Drucker.«

»Darf ich deine nachzählen?«

»Ungern!«

Was sollte ich machen, ich hatte keine Chance und zerriss die versehentlich zu viel gedruckten 22 Scheine. Dennoch blieb die Skepsis meiner Frau.

»Schatz, ich glaube, wir machen uns was vor. Wir werden die Scheine viel zu schnell einlösen und dürfen dann zwei oder drei Wochen gar nichts mehr trinken.«

»Das traust du uns zu?«

»Ja.«

Ich versuchte, mir die Enttäuschung darüber nicht anmerken zu lassen, wie meine Frau uns sah, und schlug vor, wir könnten die Genussrechte wochenweise zuteilen. »So wie Lohntüten früher?«

»Genau.«

Sie ahnen es längst, und ja: Schon der erste Abend war ein voller Erfolg. Ich briet einen Rotbarsch auf Zitronenrisotto und öffnete feierlich meinen ersten Wochenumschlag. Dann zerriss ich vor den Augen meiner Frau das Genussrecht No. 1 und schenkte mir einen Viertelliter Grauburgunder ein, mehr ging einfach nicht ins Rotweinglas. Meine Frau stutzte.

»Und was ist jetzt das?«

»Das ist ein Grauburgunder aus der Südsteiermark, warum?«

»Ich frage wegen der Menge.«

»Das ist ein recht kleiner Winzerbetrieb, mehr als fünfzig Hektar werden die nicht haben.«

»Das GLAS!«

Den kleinlichen Protest meiner Gemahlin konnte ich recht schnell niederschlagen. Die Schuld lag bei der GZB: Sie, nicht wir, hatte einen Fehler gemacht und »ein Glas Wein« vertraglich nicht genauer definiert. Selbstredend konnte auch meine Frau aus dieser Ungenauigkeit ihren Vorteil ziehen. Das Abendessen und der Grauburgunder waren großartig und wir beide bester Laune. Bis plötzlich die Gläser leer waren und noch zwei Stunden bis zu unserer Schlafenszeit. Schweigend sahen wir einander an.

»Und jetzt?«, fragte meine Frau unsicher.

»Das ist ja das Tolle an unserem System, Schatz«, sagte ich, öffnete eine zweite Flasche und schenkte uns beiden bis zum Rand nach, »dass wir heute zwei Gläser trinken können und dafür morgen dann nichts und trotzdem unfassbar viel für unsere Gesundheit tun!«

Meine Frau gab mir vollumfänglich recht. Gesundheit sei das Wichtigste im Leben, gerade in unserem Alter. Und die Sache sei ja wirklich sehr gut durchdacht.

Dann genossen wir den steirischen Weißwein, spielten uns gegenseitig Songs aus unserer Jugend vor und machten uns über Politiker, Religionen und den WDR lustig. Kurz vor Mitternacht machte ich den Vorschlag, ein drittes Genussrecht einzulösen mit der Begründung, dass es uns dann an den folgenden beiden Abenden viel leichter fallen würde, nichts zu trinken. Außerdem sei die zweite Flasche ja nun angebrochen. Meine Frau stimmte begeistert zu, und gegen ein Uhr fielen wir betrunken ins Bett. Wir schliefen so schnell ein, dass das Licht am Morgen noch brannte.

Beim Frühstück plagten uns schlimme Kopfschmerzen; so viel hatten wir in letzter Zeit selten getrunken. Ein schlechtes Gewissen hatten wir dazu.

»Wir bescheißen uns doch selbst«, grummelte meine Frau.

Ich schüttelte den Kopf, was wegen der Kopfschmerzen recht weh tat.

»Das stimmt so nicht, Schatz. Wenn wir jetzt zwei Tage nichts trinken, dann haben wir uns nicht beschissen. Hätten wir den Umschlag für die nächste Woche aufgerissen, DANN hätten wir uns selbst beschissen!«

Meine Ausführungen schienen sie zufriedenzustellen. Erleichtert gingen wir unserem Tagwerk nach, allerdings gelang weder mir noch meiner Frau besonders viel. Am Abend tranken wir dann tatsächlich nichts, aßen stumm zu Abend und schauten die erste Folge einer moldawischen TV-Serie im Original. Noch während des Vorspanns regte meine Frau an, wieder mit dem Rauchen anzufangen. Sicher würde uns so die Abstinenz leichter fallen. Ich ging zum Kiosk und kaufte zwei übergroße Sparpackungen rote Gauloises.

Als ich zurückkam, saß meine Frau bei einem randvollen Glas Rotwein. Vor ihr, auf dem Tisch, ein zerrissenes Genussrecht.

Ich war erstaunt und erleichtert zugleich: Auch ich hatte schon daran gedacht, eventuell ein einziges Gläschen zu trinken, aber nun, wo sich meine Frau eines eingeschenkt hatte, war es natürlich für sie einfacher, wenn ich es ihr gleichtat. Und als wir uns erst gegenseitig die Zigaretten ansteckten und dann den ersten Schluck genossen, da waren wir dankbar dafür, dass trotz der strengen Fastenzeit noch so viel Lebensfreude in uns steckte.

In der Nacht kam mir plötzlich leider ein schlimmer Verdacht. Hatte mir meine Frau am Abend vielleicht ein bereits zerrissenes Genussrecht präsentiert? Ich hatte meines schließlich vor ihren Augen ungültig gemacht, sie ihres aber nicht.

Ich rüttelte sie wach und bestand auf einer sofortigen Zählung der Genussrechtscheine dieser Woche unter dem Vier-Augen-Prinzip. Meine Frau reagierte überaus ungehalten, warf mir Grobheit und mangelndes Vertrauen vor. Dann weinte sie. Als ich dennoch auf der Zählung bestand, gab sie ihr Vergehen unter Tränen zu. Dann ging sie kurz aus dem Zimmer, kam zurück und zerkleinerte ein Genussrecht vor meinen Augen. In diesem Augenblick fragte ich mich kurz, ob wir hier das Richtige taten.

Wir taten das Richtige! Dennoch kamen wir in der darauffolgenden Woche in die Situation, dass uns bereits am Mittwoch die Genussrechte für den Rest der Woche ausgingen. Auf der eilig einberufenen außerordentlichen Sondersitzung der GZB entschieden wir, dass jeder je fünf Genussrechte der kommenden Woche als Kredit aufnehmen durfte. Die Woche war gerettet. Woran wir leider nicht dachten, war die Tatsache, dass uns für die kommende Woche wegen des Kredits nur kärgliche zwei Genussrechte bleiben würden.

Da wir aber als bloße Genussrechte-Inhaber handlungsunfähig waren, trat die GZB erneut zusammen und beriet, wie sich das Dilemma systemkonform und ehrlich lösen ließe. Nach sorgfältiger Abwägung aller Möglichkeiten beschlossen wir in unserer Rolle als Direktoren, einen einmaligen Sonderkredit von je zehn Genussrechten der Fastenzeit des nächsten Jahres anzubieten, und zwar zu einem Zinssatz von einem Glas Wein per annum. Die geliehenen Genussrechte sollten gleich morgen gedruckt und verteilt werden.

Die von diesem fairen Angebot der GZB völlig überraschten Genussrechte-Inhaber (wir) nahmen das Angebot trotz des hohen Zinssatzes sofort an und feierten bis in die frühen Morgenstunden. Wegen des Zigarettenqualms mussten wir viel lüften, aber das war uns unsere Gesundheit wert.

Dank unseres hervorragenden Verhältnisses zur Spitze der GZB kamen wir recht wohlgemut in die dritte Woche. Doch dann geschah etwas Seltsames: Während mir am späten Donnerstagabend nach einer Flasche Côtes du Rhône die Genussrechte ausgingen, genoss meine Frau weiterhin Rotwein und Zigaretten bei bester Laune und erzählte von einer Filmidee, die sie gleich morgen mit ihrer talentierten Kollegin angehen wolle. Irgendwas mit Flusskreuzfahrt. Ich hörte nicht wirklich zu, weil ich mir nur eine einzige Frage stellte: Warum konnte meine Frau bei gleicher Anzahl von Genussrechten weitertrinken, während ich bereits auf dem Trockenen saß? Denn weder hatte ich mich allein am Rotwein bedient, noch hatte ich wertvolle Genussrechte verlegt. Als ich meine Frau geradeaus danach fragte, war sie beleidigt und wütend. Sie teile sich ihre Scheine einfach besser ein als ich. Während ich den Hals nicht voll genug kriegen könne, sei sie eine Genusstrinkerin, und wenn ich damit nicht zurechtkäme, könne ich ja die moldawische Serie weiterschauen oder ins Bett gehen.

Da ich die Erfahrung gemacht habe, dass es zu nichts führt, wenn zwei Betrunkene sich streiten, bat ich sie darum, mir bis nächste Woche eines ihrer Genussrechte zu leihen.

»Du kriegst eins, wenn du mir nächste Woche zwei gibst!«

Grummelig willigte ich ein, zerfetzte mein gepumptes Genussrecht und schenkte mir mein Glas randvoll.

»Siehst du«, triumphierte meine Frau leiernd, »du hast es einfach nicht mehr im Griff!«

»Eine Frechheit. Prost!«

Ich schlief schlecht in dieser Nacht, weil meine Frau bis vier Uhr Karnevalshits auf voller Lautstärke hörte, zudem suchten mich üble Säureattacken heim. Irgendwann fiel meine Frau dann endlich in unser Bett. Mit Schuhen und Klamotten.

Am nächsten Morgen gegen 14 Uhr folgte ich meiner Frau heimlich auf ihrem Weg zur Straßenbahn. Und tatsächlich: Statt zur Haltestelle zu gehen, betrat sie verstohlen den Copy-Shop an der Ecke. Meine Gedanken wirbelten wie Popcorn in einer Maschine. Was tat sie da? Doch hoffentlich nicht das, was ich dachte! Ich trat ans Fenster und traute meinen Augen nicht: In atemberaubender Geschwindigkeit feuerte Kopierer Nummer 16 einen Genussschein nach dem anderen in das bereits überquellende Auffangfach! Daneben stand ganz eindeutig eine Person, die den Mantel meiner Frau trug, ihre Tasche und auch ihre Mütze: meine Frau.

Sie sah mich nicht. Und das war auch gut so, denn so konnte ich mich rächen. Wütend über den Vertrauensmissbrauch fuhr ich ins Büro, wo ich meinen Verlag darüber informierte, dass wir morgen leider nicht über mein neues Romankapitel sprechen könnten, da ich einfach nicht dazu kommen würde. Dann druckte ich eintausend weitere Genussrechte, packte sie in eine Plastiktüte und besorgte Abendessen und eine Stange Zigaretten.

Ich war früher zu Hause als sonst und erwischte meine Frau dabei, wie sie versuchte, einen Packen Genussrechte vom Esstisch unter ihrem Pullover verschwinden zu lassen. Scheu wie ein frisch ertappter Strauchdieb blickte sie mich an. Ich tröstete und umarmte sie, was sich wegen der vielen Scheine unter ihrem Pullover seltsam anfühlte. Dann versteckte ich meine eigenen Scheine und schlug vor, die Genussrechte einfach neu aufzuteilen. Wenn sie mir die Hälfte abgäbe, dann wäre die Sache vergessen und vergeben. Meine Frau war einverstanden und dankbar. Leider hatten wir ein weiteres Problem, und das war die Verknappung der Ware bei erhöhtem Zahlungsmittelausstoß: Bei einer verbleibenden Fastenzeit von zwei Wochen und 3000 Genussrechten (ohne meine) hatten wir nur noch fünf Flaschen Rotwein übrig!

Die GZB trat zu einer sofortigen Krisensitzung zusammen, wo die Direktion den Tatsachen ins Auge sah: Das Wort »Genussrechte« war viel zu lang und würde ab sofort mit GR abgekürzt werden. Ferner wurde festgestellt, dass die Bindung der GR an reale Rotweinbestände und das gleichzeitige unberechtigte Drucken ungedeckter GR seitens einer Genussrechte-Inhaberin zu einer Hyperinflation geführt hatten. Akribische Berechnungen des Verhältnisses zwischen der Menge der auf dem Markt befindlichen GR und dem tatsächlichen Angebot an Rotwein führten zu einer drastischen Neubewertung der GR für ein Glas Wein.

Die während der Sitzung verzehrte Menge von einer Flasche Tinta de Toro unseres Lieblingswinzers Telmo Rodríguez floss in diese Berechnungen nicht mit ein, da es sich bei der GZB um eine juristische Person handelte und nicht um uns, die wir ja natürliche Personen und GR-Inhaber waren. Der neue Preis für ein Glas Wein lag bei 250 GR.

Wir beendeten die Sitzung und informierten uns selbst direkt im Anschluss über die Entscheidung der GZB. Wie Sie sich vorstellen können, waren wir überrascht.

»Das ist doch Wahnsinn! So viele Scheine für ein einziges Glas Wein ...«, stöhnte meine Frau und steckte sich eine Zigarette an. »Was denken die sich?!«

Dann zerriss sie 500 frischgedruckte Scheine für zwei Gläser argentinischen Malbecs. Beim Braten der Steaks merkte ich an, dass es in der Geschichte schon viel schlimmere Geldentwertungen gegeben habe:

»Im Winter 1923 kostete ein Liter Milch in Berlin über Nacht 360 Milliarden Mark!«

»Wow. Das macht mir Angst.«

Das mit dem Milchpreis im Winter 1923 hätte ich vielleicht nicht sagen sollen. Als ich am nächsten

Morgen zur Arbeit ging und einen Blick in den Copy-Shop an der Ecke warf, liefen alle verfügbaren Kopierer auf Hochtouren. Die Ausgabefächer quollen über, vor einigen bildeten sich regelrechte Papierhaufen, die Genussrechte wirbelten durch den Raum wie Konfetti auf einer Parade.

Ich sprang in ein Taxi und raste zum größten Copy-Shop der Stadt, wo es mir bis zum Abend gelang, aus 61 Kopiermaschinen und acht Druckern rund 1,8 Millionen GR zu erstellen. Mit einem gemieteten Kleintransporter brachte ich die 56 Kartons nach Hause. Ich war derart in Eile, dass ich vor unserer Einfahrt beinahe eine vermummte Person mit Schubkarre überfuhr. Als ich hupte, sah ich, dass die vermummte Person mit Schubkarre meine Frau war und die Schubkarre voller Scheine. Ruhig stieg ich aus und öffnete den Laderaum.

Wir stritten nicht. Wir umarmten uns nur, rauchten eine und transportierten die Kartons mit den Scheinen hustend nach oben in unsere Wohnung.

Nach zwei Stunden türmten sich alle Scheine im Gästezimmer bis zur Decke. Die GZB tagte im Qualm einer ganzen Packung Gauloises und errechnete den neuen Preis für ein Glas Wein: 2038330 GR. Selbst die Direktorin der GZB war entsetzt:

»Das dauert ja Stunden, bis die beiden die zerrissen haben!«

»Sie könnten sie verbrennen.«

»Wir könnten ein paar Nullen streichen!«

Ich wies darauf hin, dass es bei einem Preis von 2038330 GR pro Glas Wein ja nur zwei Nullen gäbe. Was wir jetzt inmitten der Krise tun müssten, sei eine Rückgewinnung von Vertrauen. Also keine neuen Scheine mehr. Und wir müssten in Erwägung ziehen, die Deckung der Genussrechte durch Rotwein aufzugeben, schließlich sei der US-Dollar ja auch seit Ewigkeiten nicht mehr durch echtes Gold gedeckt.

»Und das heißt konkret?«, fragte die Direktorin der GZB.

»Dass ich jetzt sofort neuen Wein auf dem Weltmarkt kaufe und so die Preise drücke!«

Mein Vorschlag wurde zweistimmig angenommen, und schon nach einer Stunde war ich mit zwei Kisten feinstem Bordeaux zurück. Durch den genialen Schachzug der GZB konnte der Preis für ein Glas Wein gedrückt und die Zeit bis zum Ende der Fastenperiode elegant und gesundheitsbewusst überbrückt werden.

Die restlichen zwei Wochen verbrachten wir wie im Tunnel, denn die Tage gerieten uns stressig – es blieb einfach zu wenig Zeit für das ordnungsgemäße Einlösen der Genussrechte. Wir zählten die Scheine auch gar nicht mehr, wir wogen sie und verbrannten sie im Kamin, was einen zeitlichen Aufwand von gut zwei Stunden pro Weinglas bedeutete. Seltsamerweise schmeckten uns Wein wie Zigaretten auch gar nicht mehr, was vermutlich an dem schlechten Lieferessen und dem Qualm aus dem Kamin lag.

Irgendwann waren der letzte Wein getrunken und die letzte Zigarette geraucht. Die Fastenzeit war vorüber. Doch entgegen den Voraussagen meiner Frau ging es uns gesundheitlich sehr schlecht.

Meine blasse Frau plagte ein übler Husten und mich kleine Äderchen an der Nase sowie eine akute Gastritis. Unsere leeren Flaschen verteilte ich auf drei Container in Köln-Kalk, wo mich keiner kannte. Immerhin gelang es mir, mich stets im Freien zu übergeben und nicht im Auto.

Im Biomarkt kaufte ich aufbauende Suppen, Tees und Zwieback sowie einen Säureblocker und Hustenlöser. Fortan kurierten wir uns aus, schauten die moldawische Serie zu Ende und rührten exakt vierzig Tage lang keinen Tropfen Wein mehr an. Es war einfach, denn selbst wenn wir etwas hätten trinken wollen, wir hätten es nicht gekonnt. Dafür waren wir im Anschluss so richtig stolz auf uns: Zum ersten Mal überhaupt hatten wir eine so lange Fastenzeit geschafft!

MAN MÜSSTE MAL

Der Sage nach waren die Heinzelmännchen zipfelbemützte kleine und vor allem fleißige Hausgeister, die ihre Arbeit nur dann verrichteten, wenn sie keiner beobachtete. Unser Hausmeister Herr Heinz macht das Gegenteil: Er arbeitet nur, wenn jemand hinschaut.

Insofern macht auch die Firmierung seines Hausmeisterservices als »Heinzelmännchen« nicht wirklich Sinn, was ich bei der letzten Eigentümerversammlung auch anmerkte, wofür ich vier Jastimmen sowie eine Enthaltung bekam, für die ich mich mit einem Antrag auf Entsorgung der alten Dachrinne rächte.

Ein ziemlicher Muffkopf ist unser Hausmeister auch: Fragt man ihn beim Kehren der Treppe nach seinem Befinden, so hört man stets nur ein mürrisches »Muss!«. Und noch nie hat Herr Heinz mich gefragt, wie es mir geht, wenn ich kurz vor elf Uhr zum Tennisunterricht fahre, oder mir Hilfe angeboten, wenn ich schwere Bordeaux-Kisten in die Wohnung wuchte. Auch die übrige Hausgemeinschaft war unzufrieden mit unserem Heinzelmännchen, das kann man jederzeit in unserer WhatsApp-Hausgruppe nachlesen. Diese ist voll mit Kommentaren wie: *Sind die Fenster jetzt geputzt oder haben wir Milchglas?*, *Kann es sein, dass unser Feuerlöscher 1988 das letzte Mal gewartet wurde?* und *Wollen wir der Spinne im zweiten Stock einen Namen geben?*

Wir wollten. Sie heißt jetzt Gainsbourg.

Dann plötzlich war Herr Heinz nicht mehr zu sehen. Meine Frau scherzte noch, dass er nun vermutlich auch heimlich arbeitete wie die Heinzelmännchen, doch dagegen sprachen die überquellenden Mülltonnen und das nunmehr oligarcheske Netz von Gainsbourg. Seltsam war auch, dass vor unserer Wohnungstür die historische sechsstufige Klapptrittleiter herumstand, mit deren Hilfe unser Haus nach dem Ersten und Zweiten Weltkrieg sowie dem Abstieg des 1. FC Köln in die Zweite Bundesliga wiederaufgebaut worden war. Wie auch immer: Unser Hausmeister blieb verschwunden.

Nach einer weiteren Woche raffte ich mich auf und rief bei der Hausverwaltung an. Hier erfuhr ich, dass Herr Heinz beim Auswechseln eines Rauchmelders von der Leiter gestürzt war und nun im Krankenhaus lag. Sofort übermannte mich ein derart schlechtes Gewissen, dass ich die Arbeit an meinem Roman einstellen musste. Stattdessen hastete ich zum Ordner mit den Eigentümerversammlungsprotokollen, und tatsächlich: Ich selbst hatte gegen die Wartung der Rauchmelder durch eine externe Fachfirma gestimmt. Ich erinnere mich sogar noch, wie ich gescherzt hatte: »Das können doch die Heinzelmännchen machen.« Und nun das! Was war ich nur für ein Mensch? Ich konnte nur hoffen, dass niemand sonst die Protokolle so ordentlich abheftete wie meine Assistentin Sandra.

Als Erstes informierte ich über WhatsApp unsere Bewohnenden-Hausgruppe. Sie heißt so, weil das zeitgeistaffine Erdgeschoss fand, dass der Begriff »Mehrfamilienhaus« einzelne Familien, kinderlose Paare sowie Haustiere diskriminiert.

Ich tippte:

> Liebes Haus. Traurige Nachrichten: Das Heinzelmännchen hat sich den Arm gebrochen beim Auswechseln unserer Rauchmelder!

Es dauerte keine Minute bis zur ersten Reaktion. Sie kam von unserem Chefzyniker und Anwalt aus dem dritten Stock:

> Wenn keiner hingesehen hat, kann er ja nicht gearbeitet haben!

Eine Sekunde danach schoss das Erdgeschoss ein 🙀 hinterher, und zehn Minuten nach dem Lesen schlug der erste Stock selbstlos vor:

Man müsste irgendwas für ihn machen 🙆

Natürlich. Das Opfer-Emoji und »man müsste« zusammen mit »irgendwas« in einer einzigen Nachricht, das waren gleich drei Trigger auf einmal. Es ist ja bekannt: Man-müsste-mal wohnt in der Wer-macht-es-denn-Straße, direkt gegenüber dem Ich-jedenfalls-nicht-Platz beziehungsweise bei uns im ersten Stock.

Schließlich meldete sich auch die zweite Etage:

Geht's ihm denn gut? Grüße aus dem Urlaub 🌴😎

Ob es ihm gut geht? Ja, frag ihn doch einfach selbst, wenn du schon bräsig in der Sonne liegst statt im Kölner Nebelniesel!

Noch während ich meinen Blutdruck maß, poppte eine Nachricht meiner Frau auf, die zwischen zwei Besprechungen unbemerkt in den Gruppenchat geschaut hatte. Sie schrieb:

Schatz? Nicht dass wieder alles an dir hängenbleibt ...

Ich antwortete ihr, dass ich mitunter vielleicht ein wenig zu empathisch sei, aber eben auch nicht auf der Wurstpelle den Rhein hochgeschwommen war. Von meiner Hypertonie der Stufe zwei berichtete ich ihr nicht. Stattdessen textete ich unserem Hausmeister und fragte, wie es ihm ging. Die Antwort kam recht fix:

Muss! Bin auf Handy gefallen. Display kaputt und Arm halt.

Ich antwortete, dass mir der Unfall sehr leidtue, wünschte gute Besserung und fragte das Heinzelmännchen, ob ich irgendwas tun könne. Seine Antwort:

Nee, wird schon. Danke. Bis bald.

Ich leitete die Info eins zu eins an unsere Bewohnenden-Gruppe weiter, die nun bereits »Heinzelhilfe« hieß, samt einem Schwarz-Weiß-Foto unseres Hausmeisters.

»Leute! Er ist doch nicht tot!«, stöhnte ich laut und musste lesen, wie sich unser Haus minütlich mit gut gemeinten Vorschlägen überbot: Man müsste ihm was schenken, man müsste sich entschuldigen, man müsste irgendetwas basteln, kaufen, organisieren. Eine Reise vielleicht? Ich fragte mich, wo unser Haus die Zeit für das sinnfreie Getippe hernahm. Hatte denn niemand einen Job? Und vor allem: War Herr Heinz bis gestern nicht einfach nur ein schlechter Hausmeister gewesen, über den alle meckerten?

Wir sollten zusammenlegen und ihm ein neues Handy kaufen 🙂

Man müsste ihn mal besuchen im Krankenhaus 🤷

Man müsste den ersten Stock mal komplett ausschäumen, dann müsste er gar nix mehr. 😂

Unser Anwalt aus dem dritten! Oh … er schrieb weiter:

Super Idee mit dem Handy. Danke fürs Organisieren, Tommy 👌 🙏

Wie bitte? Was? Was organisierte ich denn bitte? Das ERDGESCHOSS hatte doch …!

Ich legte mein Handy zur Seite und starrte auf den Baum im Hof, von dem ich immer noch nicht wusste, was es für einer war. Man müsste das mal googeln!

Der Tag war eh gelaufen. Ich hätte vor der Arbeit am Roman nicht in diese verdammte Gruppe schauen sollen. Vorsichtshalber nahm ich einen Blutdrucksenker und ein Aspirin zur Zigarette. Dann klingelte mein Handy. Es war meine Frau, sie klang besorgt.

»Jetzt musst du aufpassen, Schatz. Am besten, du schreibst gar nichts mehr!«

»Oder wir umgehen den Stress und ziehen um!«

»Eine super Idee. Ich schau gleich mal bei Immoscout.«
»Ernsthaft?«
»Nein!«

Ich konnte es gar nicht haben, wenn ich auf meine Frau hereinfiel. Dennoch: Irgendwie schienen wir hier an einem Punkt, an dem die Heinzelhilfe zu meinen Ungunsten kippen konnte. Wir würden einen Gang zurückschalten müssen. Alle. Mit einer kleinen Geste statt eines brandneuen Handys. Also schrieb ich:

Was haltet ihr von einem schönen Blumenstrauß?

Mit Zigarette im Mund starrte ich auf mein Handy. Das Erdgeschoss schrieb. Und dann wieder nicht. Und dann wieder doch. Und dann:

Super Idee, Tommy. Blumen und Handy!

Zweiter Stock:

Ihr macht das super 🌴 🍺

Und der Anwalt aus dem dritten fragte:

Sind die Rauchmelder denn jetzt ausgewechselt
oder nicht?

Erster Stock:

Da müsste man mal nachschauen 👼

Erster Stock? Halt die Fresse! Ich donnerte mein Handy auf die Couch und bereitete mir einen extrastarken, koffeinfreien Espresso. Dann rief ich meine Frau an, um sie zu fragen, ob für sie aus der bisherigen Diskussion bereits hervorgegangen sei, wer das alles organisierte. Sie sagte, ja, und das sei, wie immer, ich.

»Niemals!«

»Wer hat denn das Flurlicht auf LED umgestellt, die Glastür mit Sicherheitsfolie versehen lassen und den Anrufbeantworter der Hausverwaltung besprochen?«

»Na ja …«

»Die zweite Altpapiertonne bestellt, die Zickzacklinie bei der Stadt Köln beantragt und Rollrasen für unser Garagendach?«

»Die zweite Tonne ist wegen der Kartons von der Shop-Apotheke!«

»Schau einfach nicht mehr ins Handy, bitte!«

Ich versprach es. Nur Sekunden darauf bekam ich zufällig mit, dass bei der Heinzelhilfe bereits eifrig darüber diskutiert worden war, was für ein Handy unserem Herrn Heinz wohl beim Sturz kaputtgegangen war. Der dritte Stock verlautbarte die Schreckensnachricht:

Er hatte ein iPhone Pro.
Erster Stock: 😳
Erdgeschoss: 🙀
Zweiter Stock: 😂😂😂 🍺🍺 🍺🕺

Von mir aus. Ich schwieg und schaltete mein Handy aus. Dann spülte ich gründlich meine Espressotasse und wischte das Büro zu den fröhlichen Klängen eines alten Rammstein-Albums feucht durch.

Ich kaufte Abendessen, Blumen für meine Frau und fuhr nach Hause. Im Hausflur achtete ich darauf, keinen der Bewohnenden zu treffen. Offenbar achteten die anderen Parteien auch darauf: Insgesamt flogen zwei Haustüren zu, auch hörte es sich danach an, als machte der dritte Stock auf dem Weg nach unten wieder kehrt. Einzig die verständnisvollste Ehefrau von allen wollte mich sehen. Ich präsentierte ihr stolz meine Einkäufe: die Blumen und ein Netz roter Zwiebeln für Flammkuchen. Sie freute sich sehr über die Blumen. Weil ich aber Teig, Schmand und Speck für den Flammkuchen vergessen hatte, besprachen wir das Verhalten der Heinzelhilfe bei einem Zwiebelbrot.

»Das Wichtigste ist, dass du nicht mehr in diese Gruppe schaust.«

»Schon archiviert, den Chat.«

»Sehr gut!«

»Aber … nur so aus Interesse. Was schreiben sie denn so?«

»Lass es, Tommy.«

»Bitte!«

Widerwillig griff meine Frau zu ihrem Handy.

»Der dritte Stock fragt, ob wir das Geld fürs iPhone nach Eigentumsanteilen aufteilen wollen. Man-müsste-mal ist dagegen, weil er ja nur Mieter ist. Der zweite Stock wirkt betrunken und schlägt vor, die Kosten nach der Anzahl der Fenster aufzuteilen, und das Erdgeschoss schreibt, sie hätten noch mal nachgedacht und eigentlich am wenigsten vom Hausmeister, weil sie ja ganz unten wohnen.«

»Sind die bescheuert? Die haben doch mit allem angefangen!«

»Nein, Schatz. DU hast mit allem angefangen.«

»Im Leben nicht!«

Meine Frau scrollte den Gruppenchat zurück bis zum Anfang des heutigen Tages und las vor:

»Liebes Haus. Traurige Nachrichten: Das Heinzelmännchen hat sich den Arm gebrochen beim Auswechseln unserer Rauchmelder!«

Ich stöhnte. »Und was soll ich jetzt machen, damit das nicht tagelang so weitergeht?«

»Kauf Blumen und ein iPhone Pro.«

Ich lachte herzhaft, öffnete eine Flasche Rotwein und schaute die Dokumentation »Ausgebremst beim Klimaschutz – wie Behörden Bürger blockieren«. Meine Frau trank ein einziges Glas mit, riet mir, die Flasche nicht auszutrinken, und ging ins Bett.

Als sie weg war, schaute ich in die Heinzelgruppe.

Nichts. Keiner hatte mehr auch nur ein Wort geschrieben. Ich trank die Flasche aus und tippte:

> Ich kauf dann morgen ein iPhone und Blumen. Wir teilen es uns irgendwie. Gute Nacht.

Am nächsten Tag kaufte ich im Apple Store das neueste iPhone Pro samt Sicherheitsfolie und zwei Jahren Garantieverlängerung. In meinem Lieblingsblumengeschäft stellte mir der überaus talentierte Sven einen geschmackvollen Hausmeisterblumenstrauß zusammen, inklusive aufgespießter Knabber-Cabanossi. Dann schrieb ich dem Haus. Also eigentlich schrieb ich mir selbst und meiner Frau, dass ich alles besorgt hatte. Alle anderen hatten die Gruppe bereits verlassen.

Sicher verstehen Sie, dass es mich ein wenig Beherrschung kostete, keinen meiner Einkäufe zu zertreten, in Säure aufzulösen oder vor eine Straßenbahn zu werfen.

Stattdessen praktizierte ich eine mehrminütige Wechselatmung und gab Blumen und iPhone bei der Hausverwaltung ab mit der Bitte um Weiterleitung an Herrn Heinz. Dort gab man sich überrascht über meine überbordende Großzügigkeit. Ferner ließ man mich wissen, dass beim Sturz nicht das Display des Handys kaputtgegangen war, sondern das des Rauchmelders. Der Ersatzmelder sei aber schon angekommen, und wo ich gerade hier sei …

Ich nahm das Handy wieder mit und aß eine Knabber-Cabanossi vom Hausmeisterstrauß auf dem Nachhauseweg, was mir einige irritierte Blicke von Passanten einbrachte.

Daheim angekommen, tauschte ich den defekten Rauchmelder aus und aß die Zwiebelbrotreste vom Vorabend. Die Rückabwicklung des iPhone-Kaufes kostete mich insgesamt drei Monate. Glauben Sie nicht? Zur Kaufrückabwicklung eines in einem Store neu erworbenen iPhones klicken Sie sich einfach zu den Richtlinien unter *https://www.apple.com/de/shop/help/returns_refund*.

Die neu gegründete Bewohnenden-Gruppe »Heinzelhaus« diskutierte inzwischen wieder so, als wäre nichts geschehen. Themen waren die Maus im Keller, die britische Weltkriegsbombe im Zählerraum und das komische Piepsen des Hauswasserfilters, da müsse man mal der Hausverwaltung Bescheid geben. In unserem Treppenhaus habe ich seitdem keinen der Bewohnenden mehr gesehen. Nur Herr Heinz kam alsbald zurück, brachte die Mülltonnen durcheinander, klopfte an der Bombe und verteilte den Schmutz in der Einfahrt. Aber halt nur, wenn man guckte.

»Alles wieder gut, Herr Heinz?«, fragte ich.

»Muss!«

GEGEN DEN STROM

Das Hainbad ist eine öffentliche Flussbadestelle im Bamberger Theresienhain, welche von den Stadtwerken Bamberg betrieben wird. Diesen Satz habe ich aus dem Internet geklaut, denn warum sollte ich mir an so einem schönen Tag mühsam etwas aus den Fingern saugen?

Stattdessen beschloss ich, mal wieder schwimmen zu gehen, und nun stand ich bei bestem Wetter auf dem unteren Holzsteg ebendieser Flussbadestelle und blickte nicht ohne Respekt auf das tosende Flüsschen namens Regnitz. Es riss mit brachialer Gewalt einfach alles mit, was sich ihm in den Weg stellte: Blätter, Insekten, ja sogar Pusteblumensamen. Lediglich eine tapfere Entenfamilie und eine kompakte Rentnerin mit blumenkohliger Badehaube trotzten den erbarmungslosen Fluten.

Ich sammelte all meinen Mut, denn auch ich würde gleich in dieses reißende Binnengewässer springen, mehr noch: Ich würde gegen den Strom schwimmen! Sich kraulend flussaufwärts zu kämpfen war ein Rat meines Freundes Stephan, der nicht nur ein begnadeter Braumeister und lieber Freund, sondern auch ehemaliger Vereinsschwimmer ist und mir in Kenntnis meines verstopften Kopfes fränkelnd riet: »Des machsd vor'm Schreiben, Dommi, des spült dir die Rübe ordentlich durch, und dann schreibst dei Zeuch bis abends fertig! Aber ned wieder so an Scheiß wie ›Überman‹!«

Da hatte er recht. Mein Roman »Überman« hatte weder mir noch Gaby Scheller gefallen. Also versprach ich einen besseren Roman und fragte vorsichtig nach, ob ich das Flussaufwärtsschwimmen bei meinem Fitnessstand überhaupt schaffen könne. Das Einzige, was ich vorzuweisen hätte, sei ein Seepferdchenabzeichen vom Schulschwimmen aus dem Jahr 1976 und allergisches Asthma.

»Des schafft sogar die Mutter vom Wolfi, und die wird achtzig!«, ermutigte mich Stephan.

Na dann! Ich wagte mich eine weitere Holzstufe hinab Richtung Fluss. Einen Versuch war es wert, zumal mir in der Vergangenheit Sport oft geholfen hatte, mich zu entspannen und auf neue Gedanken zu kommen. Also bis auf Krav Maga und Schach. Und die Stunde im Ninja-Warrior-Testparcours, die mit einem peitschenden Achillessehnenriss an der Megawall geendet hatte. Schwimmen war besser. Natürlicher. Altersgerechter. Außerdem gefiel mir als Schriftsteller der Gedanke, gegen den Strom zu schwimmen.

Ein kleiner dünner Bub quetschte sich frech an mir vorbei, sprang einfach so in den Fluss und kraulte stromaufwärts entlang der gut hundert Meter langen, hölzernen Liegeterrasse zum eigentlichen Einstieg, den vorwiegend muskelschwache BWL-Studenten und adipöse preußische Touristen nutzten. Ich machte mir Sorgen um das dürre »Zigaredden-bürschla«, wie man in Bamberg zu Menschen ohne ordentlichen Bierbauch sagte. Was, wenn er gegen ein Blatt schwamm oder gegen einen toten Maikäfer krachte? Ich blickte ihm nach, wie er problemlos Richtung Einstieg glitt, als mich eine Damenstimme mit dem für Rammstein, Lothar Matthäus und andere Franken so typischen rollenden R aus meinen Gedanken riss:

»Gehen Sie da jetzt rrrrrein oder ned?«

»Ja. Aber gerne nach Ihnen!«

»Dann an Schridd zur Seide, bidde!«

Ich ließ die Dame mit sesselfüllender Figur passieren. In ihrem prallen Badeanzug glitt sie elegant ins Wasser und folgte mit sauberen Schwimmbewegungen dem kraulenden Buben, der den Ausstieg fast schon erreicht hatte. Flussaufwärts. Wie eigentlich alle hier.

Ein letztes Mal blickte ich auf die Strömung und zupfte an meinen soeben noch eilig eingekauften, viel zu engen Badeshorts mit Tropenfruchtaufdruck (Ananas, Mango und eine an einer recht unglücklichen Stelle aufgedruckte Banane). Dann holte ich noch einmal tief Luft und sprang schreiend in den Fluss.

Kälte und Strömung zwangen mich zur sofortigen Aufnahme meiner Schwimmbewegungen, denn eine Sache durfte natürlich nicht passieren: dass ich vom Einstieg flussabwärts Richtung Wasserkraftwerk trieb, in die Turbinen geriet und für einen stadtweiten Stromausfall sorgte. Die Energiesituation unseres Landes war schließlich angespannt genug. Ich sah die Schlagzeile schon vor mir: »Hummeldumm: Vollidiot sorgt im Resturlaub für Blackout!« Also schwamm ich mit ganzer Kraft und trotzte Zweigen, Blättern sowie einem halben Bierdeckel.

Mit jeder Schwimmbewegung legte ich ein Stückchen Angst ab, und schon bald genoss ich es sogar, in einem so schönen Fluss zu schwimmen, mit einem weiß-blauen bayerischen Himmel wie in der Bierwerbung über mir und stolzen Bäumen am Ufer. Stephan hatte recht: Ich konnte das! Und ich fühlte mich nicht nur inmitten der Natur, sondern auch als Teil von ihr.

Erhaben und elegant glitt ich durchs Wasser. Das Brustschwimmen fiel mir leicht, das verlernt man halt einfach nicht. Es gab nur ein Problem: Ich kam nicht voran, die Strömung war zu stark. Nach einer guten Minute zügiger Schwimmschläge war ich noch immer auf Höhe meiner Einstiegsposition. Ich legte also noch ein wenig mehr Kraft in meine Schwimmzüge und fixierte, gleichsam als Motivation, mein gut hundert Meter entferntes Zieltreppchen, auf dem gerade die pralle Dame aus dem Wasser stieg. Wie zum Teufel hatte sie das nur gemacht? Verhilft maßloser Leberkäskonsum zu ungeahntem Auftrieb? Auf dem Holzsteg neben mir vernahm ich inzwischen herablassendes Gekicher und meinte ein »Der kommt ja echt ned vom Flegg!« zu hören.

Ich ignorierte die Bemerkungen und legte noch einen Zahn zu, als in meinem linken Augenwinkel etwas Gelbes erschien. Das Gelbe sprach mich direkt an.

»Was schlaggern Sie denn so?«

Irritiert blickte ich zum Holzsteg, von wo aus eine sonnengegerbte ältere Dame im DHL-farbenen Einteiler ungefragt meinen Schwimmstil zu analysieren schien.

»Was schlaggert denn?«, prustete ich.

»Na, Ihr rechtes Bein schlaggert! Als hätten Sie gar kei Kraft drin. Oder hamm Sie a Behinderung? Dann tut's mir leid!«

Ich informierte die Dame, dass bei mir keinerlei Behinderungen vorlagen, zumindest keine bekannten. Sodann legte ich all meine Energie in die Schwimmbewegung und achtete auf mein rechtes Bein, das ich natürlich ganz normal bewegte für den Brustschwimmstil, nämlich wie ein einseitig gelähmter Frosch. Leider hatte ich trotzdem nicht mal einen halben Meter gutgemacht, die krittelnde

Postliesl konnte also einfach stehen bleiben und mir beim Ertrinken zusehen. Inzwischen hatten sich zwei kleine, bierbäuchige Herren mit Blockwartschnauz und Pimmelzeigerhosen zu DHL gesellt.

»Der schlaggert doch, oder?«, fragte DHL die Pimmelzeiger.

»Und WIE der schlaggert!«, bestätigte Pimmelzeiger eins. »Und die Arme zieht er auch ned durch, er badschd sie nur ins Wasser. Hat er vielleicht eine Behinderung?«

»Hab ich ihn schon gfraachd, er sagt, nein.«

»Muss er ja aber, wenn er ned vom Flegg kommt.«

»Ich habe KEINE Behinderung!«, prustete ich.

Am Ende holten sie noch einen Sky-Experten dazu und analysierten meine Absaufwahrscheinlichkeit.

So langsam wurde ich wütend, doch statt weiter zu schreien, wandelte ich die Wut direkt in Kraft um und zog die Arme durch wie ein Profischwimmer. Einen ganzen Meter hatte ich nun schon hinter mir, die drei Sportkommentatoren aber nicht abschütteln können.

»Ned, dass er in die Turbinen treibt! Dann schalten die des Kraftwerk widder ab.«

»Ich treibe NICHT in die Turbinen!«, gurgelte ich in Richtung Kommentatorenbox, »und jetzt lasst mich einfach in Ruhe Sport treiben, bitte. Danke!«

Endlich war Ruhe. Sie hielt gute drei Sekunden, dann wurde sie von einer neuen, recht schrillen Stimme unterbrochen.

»Sein linker Arm sieht aus wie taub!«

Ich blickte hoch und sah eine ebenso amüsierte wie attraktive junge Frau mit kurzen Haaren und Bier in der Hand.

DHL ergänzte: »Und ezzend schaun S' amoll auf sei rechtes Bein.«

»Das schlackert, oder?«, rief die Frau, wahrscheinlich eine Studentin, und fragte die Pimmelzeiger: »Warum springt er denn nicht oben rein und lässt sich runtertreiben, wie alle mit Behinderung?«

»Ich habe KEINE Behinderung!«, brüllte ich, doch es verhallte ungehört.

»Natürlich hat er eine. Oder er ist Tourist«, behauptete DHL und ließ sich ihre Behauptung quittieren.

»Vielleicht gehört der zu so einer Flusskreuzfahrt, und sie haben ihn vergessen?«, mutmaßte die Studentin.

Ich platzte vor Wut.

»Ich bin kein Tourist, ich hab hier studiert!«

»Aber ned fertig, Sie hamm doch abgebrochen!«

»Woher wollen Sie das denn wissen?«

»Ich arbeite im Sekretariat von der Uni. Und Sie sind der Jaud!«

Also doch keine Studentin. Wie man sich mit dem Alter täuscht, wenn man ums Überleben kämpft!

Ich sagte nichts zu meiner Identität, weil ich ja wusste, wie es weiterging, wenn ich zugab, wer ich war: Warum schreibst du denn nichts mehr, wie ist die Anke Engelke denn so, und warst du wirklich in Namibia? Außerdem wurde ich sonst nur anhand meines Namens erkannt und nicht an meinem Gesicht und schon gar nicht an meinem froschophilen Schwimmstil.

Aus Trotz schlug ich besonders wütend auf die Wasseroberfläche. Leider ergab ein kurzer Seitenblick, dass die Vierergruppe inzwischen zu einem kleinen Pulk an Badegästen angewachsen war, Smartphones wurden gezückt, und ich wurde gefilmt.

»Der Schriftsteller?«, fragte einer und ein anderer: »Dann haben SIE das Buch vom Kerkeling geschrieben?«

»Nein, das hat er selber geschrieben«, erklärte die Uni-Sekretärin.

»Wer ist denn der Kerkling?«, fragte ein kleines Kind.

»Das ist der mit dem Känguru«, antwortete der Pimmelzeiger-Blockwart.

»Und der hat das Buch vom Jaud geschrieben?«, fragte DHL.

»Jetzt treibt er Richtung Turbinen!«, rief die Studentin.

»Ich treibe nicht ab!«, schrie ich mit schwindenden Kräften, und statt zum Steg blickte ich nun demonstrativ zur anderen Seite, wo mich eine schnatternde Entenfamilie überholte.

Dann wurden mir die Arme schwer, und ein wenig schummrig wurde mir auch, zudem wurden die Stimmen leiser und vermischten sich mit Wasser.

Kurz vor dem Wasserkraftwerk näherte sich ein Motorboot, und zwei kräftige Rettungsschwimmer zogen mich aus den meterhohen Fluten. Ich bedankte mich schwach und bekam meinerseits noch ein Kompliment: Mein Buch »Mieses Karma« hatte dem DRK sehr gut gefallen. Ich war zu schwach, um zu widersprechen.

Aus Scham ließ ich mich einen Kilometer vom Hainbad entfernt ans Ufer bringen und lief in meiner Früchtebadehose bis zum Hotel, wo die elektrischen Schiebetüren ausgefallen waren und ich nur über Hintereingang und Treppe in mein Zimmer kam. Per Handy erreichte ich meinen Freund Stephan. Ich fragte ihn, ob er sich als ehemaliger Vereinsschwimmer morgen mal meinen Schwimmstil ansehen könnte.

Er klang gestresst: Ein stadtweiter Stromausfall habe für ein heilloses Durcheinander in seiner Brauerei gesorgt, und alle rannten kreuz und quer und malträtierten ihn mit dummen Fragen. Aber morgen hätte er sicher Zeit, um sich meinen Schwimmstil mal anzusehen.

»Wo magst denn hin? Hainbad oder Schwimmverein?«

Ich entschied mich für den Schwimmverein.

SKY VERMISST SIE

»Sky Deutschland, guten Tag. Spreche ich mit Herrn Jaud?«

»Das darf ich Ihnen nicht sagen.«

»Warum nicht?«

»Datenschutz. Mit wem spreche ich denn?«

»Mein Name ist Maurer.«

»Das kann jeder sagen. Haben Sie bitte mal Ihre Adresse für mich zum Abgleich?«

»Meine Adresse?«

»Ja. Wenn Sie wirklich von Sky sind, dann werden Sie ja wissen, wo Ihr Unternehmen sitzt.«

»Natürlich. Aber ich spreche mit Herrn Jaud, oder?«

»Das sage ich Ihnen, wenn Sie mir Ihre Adresse geben.«

»Okay: Sky Deutschland, Medienallee 26, 85774 Unterföhring.«

»Das ist korrekt. Und woher haben Sie meine Telefonnummer?«

»Aus unserer Datenbank. Sie waren Kunde bei uns bis 2019.«

»Kann sein. Ich würde das Gespräch jetzt gern

aufnehmen zur Qualitätssicherung, sind Sie damit einverstanden?«

»Sie nehmen unser Gespräch auf?«

»Natürlich nur, wenn Sie einverstanden sind.«

»Aber Sie haben doch die Eins gedrückt, weil Sie keine Aufnahme wollten.«

»Richtig, ich war nicht damit einverstanden, dass Sky unser Gespräch aufzeichnet. Jetzt zeichne ich selbst auf. Man weiß ja nie. Am Ende hab ich vierzehn Sky-Pakete inklusive Magenta, Amazon und Netflix und dreihundert Euro Kosten im Monat. Sind Sie denn jetzt mit der Aufzeichnung einverstanden oder nicht?«

»Ich hatte das noch nie, dass ein Kunde aufzeichnet, aber gut: Ja, ich bin einverstanden.«

»Prima. Danke. Also falls Sie überhaupt von Sky sind.«

»Ich hab Ihnen doch gerade eben unsere Adresse gegeben!«

»Die kann ja nun jeder Hans und Franz googeln. Sky.de, Impressum, Dingdong.«

»Aber Sie sehen doch die Münchner Nummer auf Ihrem Handy!«

»Ganz ehrlich, Herr Maurer, das reicht mir nicht. Gegenfrage zur Sicherheit: Welcher der drei folgenden Spielfilme ist nicht im Sky-Cinema-Paket enthalten: erstens ›Monster Hunter‹, zweitens ›Parasite‹ oder drittens ›Flucht aus Pretoria‹?«

»›Parasite‹!«

»Okay, Sie sind von Sky. So, meine Aufzeichnung läuft. Mein Name ist Tommy Jaud, und ich spreche mit Herrn Maurer der Sky Fernsehen GmbH & Co. KG, Medienallee 26, 85774 Unterföhring, Gerichtstand München, Telefon 089 78895645. Ist das so richtig?«

»Sind Sie Anwalt?«

»Nein, Autor. Was haben Sie mir denn anzubieten, Herr Maurer?«

»Also. Okay. Genau. Die Sache ist die: Sky vermisst Sie, Herr Jaud.«

»Wie schön. Bevor wir loslegen: Dürfte ich bitte noch Ihr Geburtsdatum haben?«

»Wozu das denn?«

»Zum Abgleich.«

»Aber das ergibt doch gar keinen Sinn, Herr Jaud, womit wollen Sie das denn abgleichen?«

»Mit dem Geburtsdatum von Herrn Frenschkowski, der mich vor einer Woche angerufen hat. Wenn es das gleiche ist, dann stimmt was nicht.«

»Ich bin am 17. August 1969 geboren. Und Herr Frensch…?«

»Darf ich Ihnen nicht sagen, Datenschutz. Und bitte erfinden Sie kein Datum, man hört es an der Stimme. Danke.«

»Tut mir leid. Ich bin am 21. Oktober 1971 geboren.«

»Danke, Herr Maurer. Sie klingen ein wenig blechern leider, wenn ich das anmerken darf.«

»Das liegt an der schmalen Bandbreite, wir sitzen in Irland.«

»Wie auch immer. Es wäre nett, wenn Sie mal zum Punkt kommen würden, ich hab noch einiges zu tun.«

»Gerne. Genau. Also. Ich hab auch nur ein paar Fragen an Sie, damit wir Ihnen … ein maßgefertigt… maßgeschneidertes Angebot zuschneidern … Sie haben mich jetzt irgendwie ganz durcheinandergebracht!«

»Das tut mir leid, aber immerhin haben SIE mich ja angerufen. Wenn ich Ihnen kurz helfen darf, man sagt ›ein Angebot unterbreiten‹! Das würde doch gut passen, Herr Maurer: Sky will mir ein maßgeschneidertes Angebot unterbreiten.«

»Ja. Das klingt besser. Danke. Also: Haben Sie eine Minute für mich?«

»Wir sprechen ja schon drei.«

»Ich weiß, aber weil wir am Anfang so lange … egal. Hätten Sie denn AB JETZT noch eine Minute für mich?«

»Auf jeden Fall. Bin schon ganz neugierig.«

»Gut. Also. Genau. Schauen Sie gern Hollywoodfilme oder deutsche Filme?«

»Hollywoodfilme ODER deutsche Filme? Was ist das denn für eine Frage?«

»Tut mir leid, aber das steht hier so.«

»Und was antworten die anderen Kunden?«

»Die meisten sagen ja.«

»Die meisten Kunden sagen, dass sie gern Hollywoodfilme ODER deutsche Filme schauen? Da kann man ja genauso gut fragen: Machen Sie gerne Urlaub in Kalifornien ODER auf Rügen?«

»Wenn Sie das so sagen – stimmt, die Frage ist seltsam. Dann verstehen Sie die Frage doch einfach so, ob Sie gern Filme schauen, egal ob aus Hollywood oder Rügen … Deutschland!«

»Dann nein!«

»Dann nein? Wieso?«

»Weil ich lieber koreanische und österreichische Filme schaue.«

»›Parasite‹, ich weiß. Dann klicke ich mal nein. Okay. Meine nächste Frage: Ist die Bundesliga Ihre große Leidenschaft?«

»Steht das da exakt so?«

»Ja.«

»Dann nein. Ich schlafe immer ein bei der Bundesliga, vermutlich weil ich eine Gleitsichtbrille trage und schräg auf der Couch liege, deswegen sehe ich immer nur eine Mannschaft scharf, und das ist dann wohl zu anstrengend für meine Augen, gerade wenn's viel hin und her geht wie beim FC.«

»Pffff.«

»Sind Sie noch dran, Herr Maurer?«

»Ja. Aber man kann dann ja sagen, dass Sie Bundesliga schauen!«

»Absolut. Gerne sogar. Aber sie ist NICHT meine große Leidenschaft.«

»Okay, Herr Jaud. Verstanden.«

»Sie klicken jetzt nicht aber einfach ja, oder?«

»Ehrlich gesagt wollte ich ja klicken, weil Sie ja Bundesliga schauen.«

»Dann hätten Sie aber geschummelt. Denken Sie dran, Herr Maurer: Ich hab Ihr Geburtsdatum und nehme alles auf!«

»Also gut, ich klicke nein.«

»Versprochen?«

»Ja, versprochen. Frage drei: Interessieren Sie sich für Netflix?«

»Ob ich mich für Netflix interessiere?«

»Ja!«

»Da bin ich ehrlich gesagt überfragt. Aber ich hole mir gerne den Rat meiner Frau ein, wenn Sie kurz dranbleiben.«

»Wie bitte?«

»Ich spiele Ihnen jetzt kurz Musik ein, dann bin ich gleich wieder für Sie da. Bitte nicht auflegen, ich kann Sie nicht zurückrufen.«

»Wie lange wird das denn ungefähr …«

»Danke für Ihre Geduld, Herr Maurer.«

Zehn Minuten später

»Hallo? Herr Jaud?«

»Danke fürs Warten, Herr Mauer. Ich habe mich jetzt bei meiner Frau erkundigt, und sie sagt, dass ich mich nicht für Netflix interessiere, weil sie nämlich immer alle Serien vor mir schaut und dann nicht noch mal mit mir sehen will.«

»Das versteh ich. Ich nehme an, sie schaut Netflix nicht über Sky?«

»Da bin ich überfragt und müsste Ihnen kurz Musik einspielen …«

»Nein! Bitte nicht. Ich klicke dann, dass Sie sich nicht für Netflix interessieren.«

»Doch. Ich schau es nur nicht, weil mir meine Frau alles vorher wegguckt.«

»Also ja!«

»Ja.«

»Danke. Wir sind auch gleich fertig. So. Nächste Frage: Interessieren Sie sich für die Premier League, den DFB-Pokal, Formel 1, Handball, Tennis oder Golf?«

»Es gibt für mich nichts Langweiligeres als die Premier League, den DFB-Pokal, die Formel 1, Handball, Tennis oder Golf!«

»Nichts von alledem?«

»Gar nichts!«

»Also nein?«

»Ja! Also, ja zum Nein.«

»Schon verstanden. Ich klicke ja.«

»Nein!«

»Wie nein?«

»Sie klicken bitte nein! Weil ich mich für diese Sportarten NICHT interessiere.«

»Natürlich. Sorry. Sie machen mich ein wenig rappelig, wenn ich das sagen darf.«

»Sky hat mich schon rappelig gemacht, als es noch Premiere hieß.«

»Das tut mir leid.«

»Wie viele Fragen haben Sie denn noch bis zu meinem maßgeschneiderten Sky-Paket? Langsam wird's ein wenig eng mit der Zeit, und ich muss noch eine Satire schreiben.«

»Noch zwei Fragen ... Was ist denn eine Satire?«

»Eine Satire ist eine kurze Geschichte, die durch Übertreibung, Ironie und Spott an Personen, Ereignissen oder Firmen Kritik übt, sie der Lächerlichkeit preisgibt und mit scharfem Witz anprangert.«

»Das klingt schwierig.«

»Ist es nicht, wenn man das richtige Thema gefunden hat.«

»Verstehe. Cool. Also. Dann machen wir mal schnell. Die vorletzte Frage: Leben in Ihrem Haushalt Kinder, oder haben Sie regelmäßig Kinder zu Besuch?«

»Uns kommen keine Kinder ins Haus. Und es waren auch noch nie welche hier. Warum? Schaltet Sky mir dann Pornokanäle frei?«

»Nein. Wenn Sie Kinder hätten, würden wir Kinderkanäle freischalten. So, Herr Jaud, jetzt hab ich's auch schon bald geschafft ... haben SIE's schon bald geschafft, meine ich natürlich, Entschuldigung.«

»Bald können Sie ja ein schönes Pint im Pub zischen.«

»Wie kommen Sie auf Pub? Weil ... ich gehe tatsächlich später was trinken.«

»Sie haben gesagt, dass Sie aus Irland anrufen. Und da geht man doch nach der Arbeit in den oder das Pub, oder?«

»Ja. Aber ich hätte Ihnen gar nicht sagen dürfen, wo wir sitzen, das ist gegen die Richtlinien.«

»Aber Sky hat das Gespräch ja auch nicht aufgezeichnet, weil ich dagegen war. Nur ich zeichne auf.«

»Gott sei Dank. Okay. Wo war ich?«

»Sie wollten mir ein überteuertes Sky-Paket verkaufen, das auf zwei Dutzend Geräten läuft und das ich erst 2090 persönlich in Unterföhring kündigen kann.«

»Ha! Jetzt haben Sie übertrieben, so wie man das in einer Satire macht, oder?«

»Absolut, Herr Maurer. Sie sind richtig gut!«

»Danke. Dann ist hier auch schon die allerletzte Frage: Schauen Sie gerne Serien und Dokus?«

»Serien UND Dokus? Ich hasse Serien, aber ich liebe Dokus. Was machen Sie denn jetzt?«

»Das weiß ich nicht, das ist nicht vorgesehen.«

»Also mit Verlaub: Das war ja ein Haufen blöder Fragen. Wer denkt sich denn so was aus?«

»Die Abteilung Commercial Marketing Sales & Advertising in München.«

»Haben Sie da mal die Nummer?«

»Das ist die gleiche Nummer, die Sie schon haben.«

»Ah ... super, danke.«

»Wegen der Serien und der Dokus: Erlauben Sie mir ein Ja? Dann wären wir fertig, und unser System könnte exklusiv für Sie berechnen, welches der vielen exklusiven Sky-Pakete für Sie das beste wäre. Und natürlich bekommen Sie einen tollen Ex-Kunden-Willkommen-zurück-Rabatt!«

»Ich freue mich schon.«

»Sekunde.«

»Wie gesagt: die Satire.«

»Hab ich verstanden. Allerdings … seltsam.«

»Wie, seltsam?«

»Das hatte ich ja noch nie. Wir haben kein passendes Paket für Sie.«

»Kein Paket?«

»Kein einziges!«

»Nicht mal ein winzig kleines? Mit nur einem österreichischen Film drin? Oder einem koreanischen Sketch?«

»Leider nein …«

»Ganz ehrlich, Herr Maurer? Ich bin enttäuscht!«

»Tut mir leid. Aber … wenn ich das so offen sagen darf: Was soll Sky Ihnen auch anbieten, wenn Sie sich für nichts interessieren?«

»Vorsicht, Herr Maurer, ich zeichne auf. Außerdem interessiere ich mich für den FC, Dokus und Filme aus Österreich sowie Südkorea.«

»Stimmt. Tut mir leid. Also … dann sag ich mal … danke für Ihre Zeit, Herr Jaud, und toi, toi, toi für Ihre Satire!«

»Danke, aber die ist jetzt eigentlich fertig.«

»Aber sie hat doch hoffentlich nichts mit meinem Anruf zu tun?«

»Das darf ich Ihnen nicht sagen.«

»Warum nicht?«

»Die Verschwiegenheitsklausel in meinem Verlagsvertrag. Aber Sie hatten wirklich viel Geduld mit mir, Herr Maurer. Wenn Sie mir Ihre Mailadresse geben, zahle ich heute Ihre Getränke im Pub über PayPal.«

»Das ist nett, aber das müssen Sie natürlich nicht. Ich hab schlimmere Gespräche, in denen ich übel beschimpft werde. Ich hatte sogar schon eine Morddrohung, weil Sky während eines Elfmeters für Köln in die Werbung ist.«

»Das tut mir leid. Aber vielleicht kann ich Ihnen ja jetzt was Gutes tun, weil ich hab Sie jetzt so gnadenlos ausgebeutet für meine Satire, da würd ich Ihnen zumindest die Getränke im Pub zahlen heute.«

»Jetzt echt? Das wird eine Satire? Also, meine Adresse ist maurer71@irishstar.ie. Irish wie irisch und Star wie der Stern, klein und zusammen.«

»Danke. Meine haben Sie ja. Schicken Sie einfach einen Scan der Quittung. Eine kleine Bitte noch: Würden Sie zur Qualitätssicherung ganz kurz dranbleiben? Meine Frau hätte noch ein paar kurze Fragen, und es dauert wirklich nur eine knappe Stunde. Hallo …? Herr Maurer? Sind Sie noch dran?«

Irritiert öffnete ich mir eine Dose Guinness und setzte mich an meinen Mac. Es war das erste Mal, dass ich eine Satire in weniger als einer Stunde beendete und rechtzeitig vor dem Köln-Spiel fertig war, denn eines muss man schon sagen: Die Bundesliga ist meine große Leidenschaft.

Herrn Maurer von Sky habe ich sieben Pints und vier doppelte Single Malts bezahlt. Und zum Geburtstag bekam er das handsignierte Buch mit dem Faultier, das Sie gerade lesen. Leider hat er sich nie bedankt.

ZU VERSCHENKEN

Ich muss zugeben: Die Unart, unbrauchbaren Mist einfach auf dem Bordstein zu entsorgen mit dem scheinheiligen Hinweis »Zu verschenken«, triggert mich übertriebenst. Okay, Boomer, mag die Generation Schneeflöckchen anmerken, ich jedoch entgegne: »Sharing is caring« gilt nur für italienische Vorspeisenplatten, Joints und Netflix-Passwörter, nicht für Mallorca-Reiseführer aus dem Jahr 1997, fleckige Kissen und den Film »Zwei Nasen tanken Super« mit Thomas Gottschalk, den ich mir mal mitgenommen habe.

Brüchige Kisten mit Hausmüll dieser Art liegen im Wochentakt neben unserem Hauseingang. Trauriger Höhepunkt der nachbarschaftlichen Geschenke war neulich eine angebrochene Flasche belgisches Flüssig-Wasmiddel Omino Bianco Lavande in Kindergriffhöhe!

Hatte die teilungsbesoffene Nachbarschaft denn jetzt jedes einzelne Hirn abgeschaltet? Ich beklagte mich bei der Besitzerin des Veedels-Kaffeekiosks mit den leckeren Mohnschnecken, die geschätzt im gleichen Alter ist wie ich. Leider erhielt ich Widerworte: »Aber das ist doch toll!«, freute sie sich, »wenn die Leute ihre wertvollen Dinge nicht achtlos wegwerfen und sich andere drüber freuen können.«

»Sorry, aber was genau ist an der DVD ›Zwei Nasen tanken Super‹ wertvoll?«, hakte ich nach.

Das Gesicht der Besitzerin erhellte sich augenblicklich.

»Der Film mit Thomas Gottschalk und Mike Krüger? Da war ich das erste Mal im Kino! Wo haben Sie die DVD denn gesehen?«

Sie? Wie kam sie dazu, mich zu siezen? Ich trug doch meine Baseballmütze und einen jugendlichen Hoodie! Ich eilte zurück zur Wohnung, wo ich eine Vierzig-Grad-Wäsche mit meinem neuen Lavendelwaschmittel startete und die Supernasen-DVD in einer meiner drei Männerschubladen versteckte. Als ich zurück zur Haustür kam, sah ich, dass es nun auch eine orange Plastiklampe, mehrere Kindermalbücher und zwei hässliche Ikea-Bilder zu verschenken gab. In nur einer halben Stunde waren also gleich mehrere nutzlose Gegenstände dazugekommen. Wo sollte das hinführen?

Ich beschloss, sofort etwas gegen diese gefährliche und egoistische Art der Entsorgung zu unternehmen, und nahm als Zeichen des Protests das Kindermalbuch mit der bunten Schildkröte an mich. In der Wohnung fertigte ich mit einem dicken schwarzen Filzschreiber ein großes Protestschild, das ich auf die

Kiste mit dem Unrat kleben würde. Auf dem Schild stand:

Ich hätte auch noch zehn Kartons mit altem Kram!

Leider kam ich zu spät, und das, obwohl ich lediglich einen Papagei und einen Lurch ausgemalt hatte: Die »Zu verschenken«-Kiste enthielt nun auch eine orange Kaffeemaschine, eine braune Dreiersteckdosenleiste und eine Packung Linguine. Bestärkt in meiner Entscheidung, dem asozialen Treiben ein Ende zu bereiten, klebte ich mein Schild auf die Kaffeemaschine und war zufrieden. Ich fand meinen Hinweis höflich, aber deutlich.

Nun musste ich mich aber auf meinen Schreibtag konzentrieren. Es war bereits nach elf Uhr und ich wie immer weit hinter meinem Zeitplan. Sie wisssen es ja: Eigentlich sollte ich längst im Büro sitzen und an meinem neuen Roman arbeiten. Also packte ich flink den Dreierstecker in unsere Garage, eilte aus der Haustür und starrte auf einen zweiten Zettel, den irgendein Taugenichts binnen Sekunden direkt neben meine Protestnote gehängt hatte:

Ich hätte auch noch zehn Kartons mit altem Kram!

Prima, dann stell deine doch einfach dazu!

Wer war das? Ich spürte, wie mir das Blut zwischen die Ohren schoss. Ein hochfrequentes Sirren setzte ein, auch begannen meine Hände zu zittern. Ich dachte kurz nach, dann ging ich in den Keller und faltete genau fünf Umzugskartons. Diese bestückte ich mit den erstbesten Dingen, die ich ohnehin schon seit Jahren entsorgen wollte: die drei hässlichen Steinbierkrüge, den lauten Billigstaubsauger und jede Menge Genussrechte. Es folgten einhundert nicht zertifizierte Mund-Nasen-Masken, ein rosa Babyelefant, zwei Boccia-Sets für Spieler von 9 bis 99, drei Meter verrostete Dachrinne, fünfzig Liter Benzin oder Diesel und ein ganzer Karton voller selbstgebrannter CDs: Roxette, die Goombay Dance Band und Marillion. Marillion! War das nicht diese britische Pur-Parodie? Und wenn ja, wie kam sie in unseren Keller? Was für eine Geschmacksverirrung! Ich donnerte Marillion, Roxette und die Goombay Dance Band in den Umzugskarton und behielt einzig und allein meine drei Samantha-Fox-CDs.

Dann stellte ich meine prall gefüllten Umzugskartons offen zu der »Zu verschenken«-Kiste der nutzlosen Nachbarschaft und radelte ins Büro, wo ich mir mehrere Marillion-Videos auf YouTube ansah. Bei »Kayleigh« schossen mir die Tränen in die Augen. So schmalzig der Song auch ist, so war er ja doch der Soundtrack meiner ersten Liebe. Lief nicht just dieser Song von genau dieser CD, als ich das erste Mal ein Mädchen küsste? Ilka? Anja? Oder war's Klaus?

Jedenfalls war es in meinem kleinen Jugendzimmer mit den vielen Samantha-Fox-Postern.

Nach dem Mittagessen verschob ich ein Telefonat mit meinem Verlag und googelte Samantha-Fox-Filme. Sicher können Sie sich mein Entsetzen vorstellen, als ich die ersten Szenen nicht bei Netflix fand, sondern bei xHamster. Nachdem ich »Honey Throat« zu Ende gesehen hatte, war es bereits dunkel geworden. Ich beschloss, morgen weiter an meinem neuen Roman zu arbeiten, und fuhr nach Hause.

Als ich ankam, hatte sich die Anzahl der Verschenkkartons mindestens verdoppelt. Sogar die Einfahrt zu unserer Garage war nun zugestellt. Ein junger Mann mit leerem Blick aus dem Haus gegenüber lud hastig einen Karton Plastikkleiderbügel ab. Er tat dies direkt in unserer Garageneinfahrt.

»Hallo? Was ist, wenn ich mit dem Auto rauswill?«, fragte ich ihn.

»Aber Sie sind doch gerade mit dem Rad gekommen …«, nuschelte er.

»Ich könnte ja aber gleich noch mal mit dem Auto wegfahren wollen!«

»Bis dahin haben Sie sich die Sachen doch längst gesichert.«

What? Ich wollte noch etwas erwidern, da krachte mir schon ein riesiger Karton mit Kunststoffspielsachen des vierzehnfachen Familienvaters von nebenan vor die Füße.

»Alles nur Plastik«, murrte er, »was haben wir uns nur gedacht damals?«

Ja, nichts vermutlich. Perplex blickte ich auf den Müllberg in unserer Einfahrt. Was zum Teufel hatte ich da losgetreten? Und vor allem – was konnte ich tun? Ich kannte mich ja: Diese Ramsch-Eskalation zu ignorieren würde nicht funktionieren. Jetzt konnte ich doch nicht einfach den lustigen Hasen ausmalen oder ein schönes Abendessen vorbereiten für meine hart arbeitende Frau. Ich würde nur noch an den Müll vor unserem Wohnhaus denken, beim Essen kein Wort herausbringen und dann vermutlich gegen Mitternacht mit verstellter Stimme das Ordnungsamt rufen.

Es gab nur eine einzige Möglichkeit, diesem niederträchtigen Entsorgungsarmageddon zu begegnen: Ich würde die Rücksichtslosigkeit meiner Mitmenschen nutzen und unseren kompletten Keller leer räumen. Und zwar jetzt.

Ich musste schnell sein, denn der Platz auf dem Bürgersteig war begrenzt, und offenkundig hatte es sich bereits herumgesprochen, dass man heute all das verschenken durfte, was hungrige Habenichtse im angrenzenden Armenviertel Lindenthal so dringend gebrauchen konnten.

Als ich den letzten von vier abgefahrenen Winterreifen meines inzwischen verkauften Geländewagens nach draußen rollte, fand dort ein wahrhaft seltsames Verschenkspektakel statt: Aus allen Richtungen wurden Kartons, Kisten und die bizarrsten Gegenstände herangeschleift, darunter sogar eine schrankgroße Las-Vegas-Leuchtschrift mit hüfthohen Buchstaben, die ich natürlich sofort an den Strom anschloss und so unsere bescheidene Straße in einen blinkenden Las-Vegas-Strip verwandelte.

»Zu verschenken« hier, »zu verschenken« dort. Das ganze Viertel räumte und rannte im zuckenden Neonlicht der Leuchtschrift, als gälte es, den ersten Preis beim großen RTL-Verschenkmarathon zu gewinnen. Der Professor von gegenüber spendete seinen wertvollen mausgrauen Fauteuil. Der vielfache Familienvater ein Trampolin, eine kaputte Tischtennisplatte sowie seine verwirrte Schwiegermutter. Die kroatische Wohngemeinschaft von gegenüber überließ sogar ihr gesamtes Pfandgut den Bedürftigen.

Ich informierte das Ordnungsamt. Keine Stunde später sperrten mehrere Beamte die komplette Straße für den Verkehr, was mir die Gelegenheit gab, den alten Golfsimulator, den aufblasbaren Irish Pub und die Dachterrasse der Vorbesitzer auf der Straße abzulegen. Meine Marillion-CD schien indes verloren, was mich ein wenig traurig stimmte. Ich hörte erste Autohupen und auch Geschrei, doch das Ordnungsamt war rigoros: Nur wer etwas geschenkt haben wollte, durfte noch in unsere Straße fahren. Richtig so!

Nach Einbruch der Dunkelheit nahm die Entsorgungsaktivität ab, aber da sich die vielen Geschenke bis hoch zu den Straßenlaternen türmten, wurde es früher dunkel als sonst. Zudem waren einige der Müllberge in Brand gesteckt worden. Wegen des Qualms und der Dunkelheit, die nur von der neuen Leuchtschrift durchbrochen wurde, erkannte ich meine Frau also erst spät. Auch ihr war die Durchfahrt mit ihrem Elektroroller verwehrt worden. Sie näherte sich im schwachen Lichtkegel ihrer Handylampe.

»Was ist denn hier los?«, fragte sie atemlos, »wird hier irgendwas gedreht? ›Mad Max‹ vielleicht?«

»Nein, Schatz, aber stell dir vor: Wir sind den aufblasbaren Irish Pub los!«

»Ernst jetzt? Super!«

Nachdem wir uns lange umarmt hatten, gingen wir nach oben, bereiteten uns ein vorzügliches Abendessen und genossen eine ganze Flasche traditionell gekelterten französischen Rotwein. Zufrieden und erschöpft fielen wir in einen tiefen Schlaf.

Am Morgen weckte uns der Besuch unseres aufgebrachten Hausverwalters.

»Guten Morgen! Haben Sie mal runtergeschaut auf die Straße?«

»Ich … hab bis eben geschlafen.«

»Herr Jaud, ich bin vielleicht nur Ihr Verwalter, aber blöd bin ich nicht. Kommen Sie bitte mal mit.«

Sodann wurde ich in meinem Marillion-Schlafshirt nach unten vor unser Wohnhaus gezerrt. Stumm und ehrfürchtig blickte ich auf die über Nacht haushoch gewachsenen Berge voller Unrat und die vielen Fahrzeuge von Ordnungsamt, Polizei und Feuerwehr. Unsere Straße sah aus wie eine afrikanische Müllhalde mit europäischem Konsumschrott: Überall lag unser Kram, kleine Kinder spielten darin, Krähen krächzten, und hie und da loderte ein Feuer auf. Direkt über uns grollte ein Polizeihubschrauber. Der Hausverwalter packte mich am Arm und befahl mit militärischem Tonfall:

»Ihre Sachen müssen weg. Und zwar sofort!«

Ich protestierte aufs schärfste:

»Das sind nicht MEINE Sachen, VON MIR ist hier so gut wie nichts, bestenfalls ein Boccia-Spiel oder zwei, hier hat einfach jeder seinen Mist hingestellt!«

Leider beförderte der Hausverwalter nun ausgerechnet ein Stück Dachrinne aus einem der Kartons.

»Aber über die Dachrinne hatten wir schon gesprochen auf der letzten Eigentümerversammlung, oder?«

Ich wollte mich gerade herausreden, da entdeckte ich meine Marillion-CD. Dummerweise griff ich zu:

»Gott sei Dank! Und ›Kayleigh‹ ist auch drauf!«

»Eben! Alles Ihre Sachen!«

Ich erwiderte, dass von diesem ganzen Müll, Schutt und Unrat bestenfalls ein Promille meins sei, und selbst wenn mir alles gehörte, dass es unmöglich in mein Auto passen würde.

»Dann mieten Sie einen Transporter.«

Ich sagte, dass der Unrat einer ganzen Straße auch in keinen Transporter passen würde.

»Dann fahren Sie zweimal. Viel Glück!«

»Das sind NICHT meine Sachen!«, rief ich ihm hinterher, aber wie sollte er mich hören bei dem Lärm, den der Helikopter, die hupenden Autos und die Schakale machten?

Der gut sechs Meter lange Iveco 35 S 16 mit einem Ladevolumen von gut zwei Tonnen fuhr sich erstaunlich gut, zudem hatte ich einen überteuerten Stundentarif aushandeln können. Beladen musste ich ihn freilich alleine, nur ab und an sah ich das Gesicht eines Nachbarn an den Fenstern auftauchen.

Insgesamt neunzehn Mal fuhr ich zum Wertstoffhof nach Köln-Ossendorf. Weil der Miettransporter erstens kein Kölner Kennzeichen hatte, ich zweitens viel zu viel dabei hatte für einen privaten Haushalt und drittens die Belegschaft der Abfallwirtschaftsbetriebe noch nie im Phantasialand gewesen war, verpulverte ich insgesamt viertausend Euro an Schmiergeldern.

Kurz vor Schließung des Wertstoffhofes hatte ich endlich jeglichen Unrat abgeladen und war mit meinen Kräften am Ende. Während zwei AWB-Mitarbeiter begeistert die Las-Vegas-Leuchtschrift einschalteten, zählte der Abfallchef meine Scheine. So richtig zufrieden schien er dennoch nicht.

»Wissen Sie«, begann er und zog die Augenbrauen hoch, »ich versteh einfach nicht, was die Leute alles wegwerfen. Das kann man doch ruhig auch mal vor die Tür stellen zum Verschenken.«

Ich gab ihm recht, verabschiedete mich freundlich und raste mit quietschenden Reifen vom Hof.

Als ich im Dunkeln nach Hause schlurfte, waren Straße und Bordstein vor unserer Wohnung blitzeblank. Nur der funkelnagelneue Riesen-SUV eines ungeliebten Nachbarn stand mit laufendem Motor und geöffneter Fahrertür vor unserer Einfahrt. Ich brauchte keine Minute, um mein Schild am riesigen Wagen anzubringen:

Zu verschenken!

Augenblicke später war sein Lexus verschwunden und ich bester Laune. Es war schon ein gutes Gefühl, bedürftigen Mitmenschen eine kleine Freude zu bereiten.

DETOX

Nie werde ich den Tag vergessen, an dem ich mit meiner Frau das letzte Mal auf den Golf von Thailand blickte. Drei Wochen Entgiftung jeglicher Art lagen hinter uns, und wir fühlten uns leicht und voller frischer Energie. Wir hatten unsere Mitte gefunden, und all die wirren Gedanken, die vor Anspannung schmerzenden Muskeln und vermerkelten Mundwinkel hatten sich in eine beseelte Schwerelosigkeit verwandelt.

Unsere wiedererlangte Balance spiegelte sich auch körperlich wider. Meine Haut war klar, meine Pandemiepocke fast verschwunden und der sonst stets erhöhte Blutdruck im optimalen Bereich. Hier schrieb ich locker und beschwingt: In nur einer Woche brachte ich die ersten dreißig Seiten meines neuen Bestsellers zu Papier. Ja, ich schrieb auf Papier, denn elektronische Geräte waren im holistischen Wellness-Resort unerwünscht. Und das war auch gut so, denn schließlich verdankte ich meine neue Strahlkraft dem konsequenten Verzicht auf Nachrichten, TV und Handy sowie auf all die anderen Sachen, die mich zu Hause so krank machten und die wir trotz vieler Bemühungen (Genussrechte-Fail) einfach nicht im Griff hatten: Alkohol, Fleisch und Zucker.

Exakt deswegen hatte ich dem von meiner Frau vorgeschlagenen Detox-Urlaub zunächst skeptisch, wenn nicht sogar feindselig gegenübergestanden. Ich brauchte damals ja all diese schrecklichen Stoffe noch, um mich irgendwie zu entspannen. Doch nun war ich hier, leicht wie eine Feder, mit dem Lächeln eines Gurus, und wusste, dass jene toxischen Ablenkungen nur das Gegenteil bewirkt hatten. Alkohol war ein Zellgift, Fleisch entzündungsfördernd und Zucker eine Droge. Und jetzt ruhte ich ohne Gift in mir und wir in uns, meine Frau und ich.

Das auf natürlichen Zutaten basierende, vegetarische Essen, die liebevollen Meditationen, entspannenden Behandlungen und die tiefsinnigen Gespräche mit meinem indischen Mental-Coach Rajid hatten auch die Wut auf den Küchendunst des indischen Restaurants gegenüber meinem Büro erkalten lassen und die Liebe zu meiner wunderbaren Frau noch einmal aufgefrischt. Jetzt aber war die Zeit der Heilung vorbei. Wirklich? Nein. Als wir kurz vor dem Transfer zum Flughafen Hand in Hand über das türkisblaue Meer blickten, da schworen wir uns, dass wir nicht nur einen Teil der hier erlernten gesunden Verhaltensweisen in unseren Alltag mitnehmen wollten, sondern alle. Auch hieran hatte das exzellente

Team des Holistic-Health-Resorts gedacht: Zwei eigens für uns erarbeitete Nachsorgeprogramme lagen akkurat gefaltet in unserem Handgepäck, und wir freuten uns schon darauf, sie umzusetzen. Als der Transitbus kam, umarmte ich meine Ernährungsberaterin Rachel. Diese wunderbare Person hatte es in nur drei Wochen geschafft, einen zuckersüchtigen Internetjunkie und angehenden Alkoholiker in einen strahlenden und entspannten Mann zu verwandeln. Nie würde ich ihr das vergessen.

Unser Flug zurück ins neue, alte Leben ging über den Changi Airport in Singapur. Die wegen eines Streiks mit sechs Stunden überaus lange Wartezeit auf die Maschine nach Frankfurt mussten wir in einer hektischen Lounge verbringen. Mitleidig blickten wir auf all die blassen und gehetzten Reisenden. Ausnahmslos alle hingen an ihren Smartphones, saugten wie in Trance sinnlose Daten und süße Limonaden oder gar Alkohol und stopften minderwertige Industrienahrung in sich hinein. Wir mussten lachen: Noch auf dem Hinflug waren wir Teil dieser ferngesteuerten Schafherde gewesen! Jetzt waren wir erwacht und konnten nur den Kopf schütteln, wie sich die Konsumopfer vor unseren Augen zugrunde richteten. Mit einem ungekühlten stillen Wasser setzten wir uns in eine ruhige Ecke und studierten neugierig unser persönliches Nachsorgeprogramm. Es war eine sorgsame Anleitung, wie wir unsere soeben gefundene Mitte und Achtsamkeit auch im turbulenten deutschen Alltag beibehalten konnten. Toll!

Als ich mit dem Lesen fertig war, nahm ich die Hand meiner wundervollen Frau und tat ihr kund, dass ich mich ein wenig bewegen wolle und nach einem gesunden Snack Ausschau halten: grünem Tee, Sauerkraut oder gedünstetem Fenchel. Vielleicht gab es ja hier sogar einen Raum für Yogaübungen oder Meditationen, dann würde ich ihr gleich Bescheid geben. Ich gab ihr einen Kuss und sagte, dass ich sie liebte. Dann startete ich lächelnd meinen Wellness-Erkundungsrundgang.

Wenige Schritte entfernt erschlug mich der Geruch von überwürztem, ungesundem Essen im klinisch hell erleuchteten Buffetbereich. Angewidert blickte ich auf die dort angebotenen Speisen: Steaks, Pizza, Pasta, Burger, Wraps und Bowls. Oder kurz: Müll. Es gab sogar einen »Wellfood-Bereich« mit vegetarischen Speisen, doch der war natürlich nur eine billige Show. Da ich mein Handy noch im Detox-Modus hatte, konnte ich nicht googeln, was Fenchel auf Englisch heißt. Aber selbst wenn es welchen gegeben hätte: Wir waren an einem internationalen Riesenflughafen, und kein Mensch hätte das für mich so wertvolle Gemüse derart liebevoll und achtsam zubereitet wie die wunderbaren Köche in unserem herrlichen Resort.

Aber irgendetwas musste ich ja essen. Widerwillig pickte ich mir ein verbranntes Rinderspießchen, überwand mich und zog ein kleines Stückchen des krebserregenden Fleisches mit den Zähnen ab. Salz, Fett und Geschmacksverstärker explodierten geradezu an meinem Gaumen. Schmeckten das die anderen Leute denn gar nicht mehr, hatten sie sich vielleicht einfach daran gewöhnt? Ich testete es, indem ich ein zweites Spießchen vertilgte. Doch noch war ich mir nicht sicher, was den Gewöhnungseffekt anging. Spießchen drei, vier und fünf machte ich mit einer Flasche Heineken genießbar. Fast musste ich lachen: Wie wichtig mir Bier noch vor drei Wochen gewesen war … Nun spürte ich bei jedem Schluck, ja bei jeder neuen Flasche, dass ich mir überhaupt nichts mehr aus Bier machte!

Bei einem vierten Heineken notierte ich meine Beobachtungen in meinem Achtsamkeitsjournal. Der Kellner der Heineken-Bar nutzte dies schamlos aus und überredete mich zu einer italienischen Lasagne und einem Glas argentinischen Malbecs. Wie konnte ich als westlicher Tourist den Vorschlag dieses feinen, stolzen Mannes ablehnen? Als ich Lasagne und Wein in mich hineinwürgte, umfloss mich das Gefühl von Erkenntnis und Stolz. Diese Sorte von hochverarbeiteter Industrie-Lumumpe hatten wir jahrelang zufrieden in uns reingestopft: Dabei war die Lasagne nichts als Fett, Teig und in billigster Tomatensoße ersoffenes Schredderschwein. Wenigstens ließ mein zweites Glas Malbec eine so große Gleichgültigkeit in mir aufkommen, dass ich kurz mein Handy einschaltete und mich achtlos zu bild.de klickte. Ich bin zwar ganz und gar kein Freund dieses boulevardesken Schrei-Journalismus, doch muss ich gestehen: Wenn irgendwo irgendetwas Belangloses passiert – BILD weiß es zuerst! Und so starrte ich auf ein Foto, das zwei klumpige Füße mit kranken Zehennägeln zeigte, und die Headline: »Sie raten nie, welchem Fußballstar diese Hobbit-Füße gehören!«

Da hatte BILD recht. Das riet ich nie. Ich bestellte mir ein Glas Sake, vergaß die Hobbit-Füße und steckte das Handy wieder weg. Denn das wollten sie ja bei BILD, dass ich vor Neugier platzte und ein Abo abschloss, und dann wäre ich BILD auf den Leim gegangen, und wertvolle Lebenszeit wäre vergeudet. Lebenszeit, die ich viel besser mit der nun abermals verbesserten Wechselatmung verbringen konnte. Oder mit einem Rack würziger Beef Burritos, welche ich auf der Suche nach gesundem Sauerkraut erspäht hatte. Weil das Sauerkraut hier Kimchi hieß, verspeiste ich sicherheitshalber die Burritos, ein gutes Dutzend Mozzarella-Sticks sowie frittierte Zwiebelringe. Was soll ich sagen – ekelhaft.

Der trickreiche Barkeeper schwatzte mir dazu einen mittelmäßigen Sauvignon Blanc auf. Ich revanchierte mich mit dem Foto der Hobbit-Füße und fragte, wem die wohl gehörten. Der Barkeeper tippte auf Lukas Podolski. Ich klärte ihn darüber auf, dass ein Lukas Podolski niemals seine Fußpflege vernachlässigen würde und dass es zudem völlig irrelevant sei, welchem Fußballstar diese Füße gehörten. Um unser Menschsein und Seelenwohl zu bewahren, müssten wir den zeitfressenden Massenmedien mit geballter Achtsamkeit gegenübertreten statt mit stumpfer Neugierde. Der Barkeeper nickte nachdenklich und schenkte mir nach.

Gleichsam als Beweis meiner Medienthese steckte ich mein Handy wieder ein und widmete meine ganze Aufmerksamkeit der amerikanischen Pfannenpizza mit paniertem Speck, Sahnenudeln und dem berühmten Buffalo-Style-Käserand. Dieser war überraschend schmackhaft, obwohl er gar kein Gemüse enthielt. Ich notierte Buffalo, USA, in meinem Achtsamkeitsjournal.

Das aufkommende Sättigungsgefühl und die Neugier auf den Yogaraum bekämpfte ich mit einer halben Flasche eines feingliedrigen pfälzischen Weißburgunders. Warum man unbedingt deutschen Wein nach Singapur fliegen muss, damit ihn deutsche Touristen kurz vor dem Heimflug wegsaufen, ist mir allerdings bis heute unklar. Der Wein stieg mir zu Kopf und befeuerte meine Freude darüber, das von Alkoholgenuss vernebelte Kapitel meines Lebens erfolgreich zugeschlagen zu haben.

Leider wurde die Verkostung diverser Dessertweine durch lärmende Lautsprecherdurchsagen getrübt. Irgendein Idiot hatte sein Gepäck unbeaufsichtigt stehen lassen, so dass das komplette Terminal geräumt werden musste. Ich und mein Dessertwein wurden bei der Gelegenheit gleich mitgeräumt. Das soeben ergatterte Brownie-Bundle mit dänischem Vanilleeis durfte ich noch mitnehmen, die Expressbestellung einer XXL-Portion Hongkong Styled Eggs ging leider im Durcheinander der Evakuierung verloren. Was für eine Lebensmittelverschwendung! Im futuristischen Skytrain wurden ich und mein Brownie in ein anderes Terminal gebracht. Ich nutzte die Fahrt, um auf meinem Handy nachzusehen, wer mich während des langen Detox-Aufenthaltes eigentlich hatte sprechen wollen. Ich hatte 678 WhatsApps, 489 Mails und 67 Anrufe in Abwesenheit. Ich war mir sicher: Keine einzige Nachricht würde von Belang sein.

Im Terminal 4 angekommen, entschied ich mich für das Restaurant Paradise Dynasty und drei Körbchen gedämpfter Dumplings in den Geschmacksrichtungen Trüffel, Foie gras und Schweinebauch. Nach einer halben Flasche Sake hatte ich die über 1000 Nachrichten an mich durch, und tatsächlich: Allesamt waren sie nichts als banales Plauderfeuerwerk. Ein Herr Füllhorn vom Finanzamt meldete eine Steuerprüfung an, mein Verlag gab mir eine letzte Frist für die Abgabe des Romans, und meine Mutter hatte eine Vermisstenmeldung aufgegeben, weil sie mich nicht erreichen konnte. Und dafür hätte ich mein Handy den ganzen Urlaub lang eingeschaltet haben sollen?

Mit zwei frittierten Double-Chocolate-Peanut-Butter-Bars, einer kubanischen Zigarre und einem spontan abgeschlossenen BILDplus-Abo für nur 3,99 Euro im Monat (7,99 Euro ab dem zweiten Monat) zog es mich schließlich in die Raucher-Lounge. Als mich die rotierende Drehtür im beißenden Zigarettenqualm ausspuckte, traute ich meinen Augen nicht: Da saß ja meine Frau auf dem Boden! In den Händen hielt sie eine offene Dose Bier, neben ihr standen ein Eimer Chips und ein Aschenbecher mit einer brennenden Zigarette. Als wäre das alles noch nicht schlimm genug, schaute sie ihre Lieblingsserie auf ihrem Tablet.

Fassungslos fragte ich sie, ob sie den Schuss nicht gehört habe. Und warum zum Teufel sie hier herumsaß mit Bier, Kippen und Netflix nach den drei teuren Wochen Detox-Urlaub. Statt einer ehrlichen Antwort behauptete sie mit leiernder Stimme, dass sie mich nicht verstehen könne, weil ich sehr lallen würde. Es kam zu einem sehr unschönen Streit mit gelegentlichem Körpereinsatz, in dessen Folge wir unsanft aus der Lounge entfernt und zu den Polizeibehörden des Changi Airports gebracht wurden. Immer wieder fragte uns der Officer nach dem genauen Standort unseres Gepäcks. Meine Frau weinte und rauchte gleichzeitig, vermutlich hatte sie die Netflix-Serie »Die Schlange« nicht verkraftet.

Ich versprach dem Officer, ihm den Standort des Gepäcks unverzüglich mitzuteilen, wenn er mir im

Gegenzug verriete, zu welchem Fußballstar diese Hobbit-Füße gehörten. Doch statt den Namen eines Fußballers zu nennen, präsentierte er uns zwei aufgeregte Schäferhunde sowie unsere geöffneten Koffer und verlieh uns feierlich eine Einreisesperre für 25 000 Singapur-Dollar. Dann wurden wir von einer Krankenschwester untersucht und bekamen Infusionen, die wir selbst nach oben halten mussten. Und ich hatte immer gedacht, Singapur sei technisch rundum avanciert. Auf einem Elektrowägelchen wurden wir zu unserem Gate gefahren. Das Wägelchen war lustig, weil wir immer wieder lachend herunterpurzelten und uns mit den Infusionsschläuchen verhedderten.

Was unseren Heimflug angeht, so hatten wir großes Glück. Wegen des Verdachts auf einen Sprengstoffanschlag hatte sich das Einsteigen um mehr als eine Stunde verspätet. Nun mussten wir nur noch das Personal der Airline von unserer Beförderungsfähigkeit überzeugen. Hierzu vollführten wir einen Handstand auf den Schalensitzen, boten eine Limbo-Performance mit dem Absperrband und rülpsten die französische Nationalhymne.

Erst kurz vor der Landung in Frankfurt verriet uns eine Stewardess, dass die Entscheidung, uns mitzunehmen, wirklich knapp gewesen war und es geholfen hätte, wenn wir uns bei der Hymne weniger oft übergeben hätten. Ich entschuldigte mich für unseren miserablen Zustand und betrachtete meine immer noch leidende Frau. Ob sie wusste, dass sie aussah wie ein durch eine brennende Hecke gezogener Kochschinken? Sie wusste es nicht und gab mir das Kompliment zurück, allerdings ersetzte sie Hecke durch Strauch und Kochschinken durch Schweinebauch. Dann fegte sie meine Hand von ihrem Knie.

Erst drei Tage später waren wir wieder halbwegs bei Sinnen. Sie ahnen es sicher, wie maßlos wir uns ärgerten. Wie naiv waren wir gewesen, dass wir uns freiwillig und für teuer Geld einer derartigen Gehirnwäsche unterzogen hatten? Diese thailändischen Scharlatane! Sollten sie doch andere Dumme finden!

Zunächst verbrannten wir das Detox-Nachsorgeprogramm im Kamin. Dann stornierten wir unseren nächsten bereits gebuchten Detox-Aufenthalt und gaben zwei Null-Sterne-Bewertungen für das Resort. Meine stümperhaft agierende Ernährungsberaterin Rachel erwähnte ich hierbei namentlich. Als unsere Kritik abgeschickt war, öffneten wir erleichtert eine Flasche fränkischen Winzersekts.

Es hat lange gebraucht, die traumatischen Thailand-Erlebnisse zu verarbeiten. Noch heute werde ich wütend, wenn ich mich bei einer guten Kiste Rotwein sinnlos durch die BILD-App oder die Shop-

Apotheke klicke und daran denke, wie kaltblütig uns diese skrupellose Gesundheitssekte um drei Wochen wertvolle Bildschirmzeit gebracht hat. Nicht mal der Entwurf meines dort verfassten Romans war zu gebrauchen! Laut Verlag handelte es sich bei »Die Fenchel-Formel« lediglich um besserwisserisches Gemüsegebrabbel eines Romanautors auf Entzug. Der Verlag hatte recht: Die ersten dreißig Seiten waren so schlecht, dass ich meinen kompletten iCloud-Account löschte und das Notebook zum Wertstoffhof fuhr, der mich mit einer blinkenden Las-Vegas-Leuchtreklame begrüßte.

Freilich hatte die Reise auch ihr Gutes gehabt. Manchmal muss man eben das Grauen sehen, um den Alltag wertzuschätzen. Ohne meinen Detox-Aufenthalt wüsste ich gar nicht, wie gut eine Zigarette zum Whiskey schmeckt. Und wie schlimm die Füße von Thomas Müller aussehen.

FRAUENPARKPLATZ

Letztendlich begann alles damit, dass meine kompetente Assistentin Sandra mein senffarbenes Automobil auf einem sogenannten Frauenparkplatz abgestellt hatte. Warum denn nicht, sagte ich ihr, als sie mich fragte, ob das wohl für mich in Ordnung sei.

Natürlich sei das in Ordnung, schließlich sei sie ja eine Frau, und als solche darf sie ihren oder auch meinen, darf sie eigentlich jeden Wagen der Welt dort abstellen, wo es sicher für sie ist.

Zum Beispiel auf einem der gekennzeichneten Frauenparkplätze vor dem neuen Veggie-Café. Dieses bietet leckeres Banana Bread, fair gehandelten Kaffee mit Mandelmilch und zwei gut einsehbare, übergroße Parkplätze: einen für Frauen und einen für Menschen mit Behinderung. Dass Frauenparkplätze genauso groß sind wie Behindertenparkplätze, finde ich verwirrend und sexistisch. Es ist nichts anderes als die auf Asphalt gemalte Unterstellung, das weibliche Geschlecht sei eine Form der Behinderung. Dem ist natürlich nicht so. Machen wir uns nichts vor: Frauen tun sich nur deswegen oft schwer beim Einparken, weil sie die übertrieben großen

SUVs ihrer Männer fahren müssen. Schon mal deswegen finde ich passende Parkplätze für Frauen eine Selbstverständlichkeit in diesen Zeiten und so wenig diskussionswürdig, dass ich mich fast schon über die lange Einleitung ärgere.

Also noch mal in kurz: Meine Assistentin parkte meinen Wagen auf einem Frauenparkplatz nach einer Erledigung für mich, für die ich ihr mein Auto geliehen hatte. Nichts Besonderes also, daher bedankte ich mich mit einem Milchkaffee und einem Stück ihres Lieblingskuchens, und während sie sich in meine Buchhaltung vertiefte, widmete ich mich bis zum Feierabend einer ganz besonders schwierigen Frauenfigur meiner Romanverfilmung.

Was ich freilich nicht bedacht hatte, war, dass am Abend nicht Sandra meinen sportlichen Verbrenner bayerischer Herkunft vom Frauenparkplatz fahren musste, sondern ich.

Ein Mann, dessen SUV, so klein er auch sein mochte, auf einem Frauenparkplatz stand. Und das direkt vor einem bei nachhaltigen und großbebrillten Haferfreundinnen beliebten Café. Was, wenn mich eine der woken Hafereulen einsteigen sah? Einen hochgewachsenen, oft arrogant wirkenden Mittfünfziger mit Berufsjugendlichen-Basecap und FDP-farbenem Wagen? Was, wenn ihnen dann ihre Kürbisquiche in den Hanfschal rutschte vor Empörung, sie mich googelten und viral verleumdeten, so dass meine sexistischen Machwerke verbrannt würden? Oder würde sie der fossile Anteil dieser Aktion vom Protest abhalten? Wie auch immer: Ich konnte nicht zu meinem Auto. Mir wurde flau im Magen. Was für eine Welt war das geworden, in der ein Mann Angst hatte, sein mit ehrlicher Arbeit verdientes Auto von einem Frauenparkplatz zu fahren, weil ihm vegane Verleumdungen drohten? Okay, vergessen wir Witze über Ernährung: So wie ich gewirkt hätte, wenn ich das Auto abholte, wollte ich nicht wirken.

Sandra hatte mit meinem Auto natürlich alles richtig gemacht und mir wertvolle Kreativzeit freigeschaufelt. Und natürlich war es ihr gutes Recht, meinen Wagen auf dem Frauenparkplatz vor dem Café abzustellen, oder hätte ich sie in den gefährlichen Schlund der Tiefgarage am Rudolfplatz schicken sollen? Dorthin, wo man seit Jahren versucht, die Junkies mit Radio Erft abzuschrecken, und wo es mehr Raubüberfälle als Notausgänge gibt?

Nein! Wenn Sandra schon beruflich für mich unterwegs war, dann sollte sie auch parken, wo sie wollte: vor der fleischlosen Haferhütte mit den Banana-Bread-Brudis und -Schwestis. Ich konnte es drehen und wenden, wie ich wollte: Wenn ich meinen Wagen abholte, dann würde es ganz genauso aussehen, wie es eben aussieht, wenn ein Mann seinen goldenen BMW von einem Frauenparkplatz fährt: asozial, rücksichtslos, hoffnungslos, beschissen und altwutweißmännlich. Rollentausch: Wäre ich ein Gast im

Café und würde an meinem Buchweizenmuffin picken, ich würde den Typen auf dem Frauenparkplatz ja auch als ewig gestrigen Macho verachten.

Es war, wie es war: Es gab keine Lösung, und ich ging wirklich alle Möglichkeiten durch. Ich dachte sogar daran, vor dem Wegfahren Zettel auf die Kaffeetische zu legen mit der Aufschrift: *Ein Alien hat meinen Wagen geparkt, ich fahre ihn nur weg,* oder: *Wir drehen ein Experiment für Pro7. Bitte ignorieren Sie den alten BMW-Fahrer auf dem Frauenparkplatz. Danke, das Jenke-Team.*

Natürlich hätte ich Sandra bitten können, den Wagen umzuparken, weil es mir unangenehm war. Aber da kam mir ja wieder mein Respekt vor Frauen in die Quere: Denn wenn ich Sandra darum bat, den Wagen umzuparken, dann gab ich ihr ja indirekt zu verstehen, dass sie einen Fehler gemacht und mich in eine peinliche Situation gebracht hätte. Und noch schlimmer: Wenn sie das Auto dann in der Junkie-Tiefgarage im toten Winkel der Sicherheitskameras abstellte und bei den Klängen von Radio Erft drogensüchtig oder ermordet wurde, nur um es ihrem feigen Chef recht zu machen, dann brachte ich sie ja in eine noch unangenehmere Situation. Ich würde ja meines Lebens nicht mehr froh! Mir wurde richtiggehend schlecht.

Um mich abzulenken, legte ich bei Amazon eine unterbrechungsfreie Notstromanlage für mittelgroße Unternehmen in den Warenkorb und investierte 5000 Euro in einen Fonds aus Firmen mit Frauen in der Geschäftsführung. Doch bald war ich fertig abgelenkt und mein Problem zurück. Die Sache war ja im Grunde genommen ganz einfach: Holte ich mein Auto selbst ab, musste ich damit leben, dass mich ein paar Leute für einen frauenverachtenden Rüpel hielten. Die Frage war: Kam ich damit zurecht? Ich machte einen langen Spaziergang durch die Grünanlage am Aachener Weiher, und kurz vor einem Kirschbaum am Japanischen Kulturinstitut hatte ich die Antwort: Nein, damit kam ich nicht zurecht.

Auf dem Heimweg schlich ich an meinem geparkten Auto vorbei und musste schmunzeln. So krumm und schief, wie es dastand, konnte ich es gar nicht geparkt haben, sondern nur eine Frau: Das Heck ragte beinahe einen halben Meter über die gelbe Linie hinaus, zudem waren die Außenspiegel noch ausgeklappt und die Scheibenwischer nicht in der Endposition. Der oder die oder das mit Behinderung hingegen parkte nebenan wie eine Eins. Aber was würde das für eine Diskussion mit den Café-Hänflingen ergeben? Wenn ich so argumentierte, fanden sie mich vermutlich noch frauenverachtender.

Ich blickte ins Café und erspähte mehr als ein Dutzend Gäste. Wie durch ein Wunder war einer der Gäste nicht mit seinem Bildschirm verschmolzen und fixierte mich. Ich grüßte und fuhr mit der Bahn nach Hause. Meiner Frau erklärte ich die Fortkunft meines Automobils damit, ich hätte so viel im Kopf wegen der Romanverfilmung, dass ich mein Auto in der Stadt vergessen hätte. Sie meinte, so was sei erst dann besorgniserregend, wenn es öfter passiere.

Am nächsten Vormittag besprachen Sandra und ich die Belege der vergangenen Woche. Bei einer Restaurantquittung fehlte der Bewirtungsgrund. Ich schlug »Hunger« vor. Sandra wies darauf hin, dass ich vorsichtig sein sollte, da ich noch nie eine Steuerprüfung gehabt hatte und sie die Belege korrekt ausfüllen wollte. Dann fragte sie, ob mich vielleicht etwas bedrücke, ich sei ein wenig schweigsam seit gestern. Ich antwortete, das liege daran, dass ich meine Frauenfigur noch nicht wirklich greifen könne. Sandra nickte verständnisvoll, gab mir eines ihrer Quarkbällchen ab und widmete sich wieder den Belegen. Im Abgehen rief ich ihr zu: »Schreib ›Hunger und Durst‹!« Dann schloss ich die Tür zu meinem Zimmer und lud mir eine Hörprobe von »Du musst nicht von allen gemocht werden« herunter. Ich hörte ein Kapitel, das mir durchaus Mut machte.

Als Sandra Feierabend gemacht hatte, eilte ich entschlossenen Schrittes und mit Techno auf den AirPods zu meinem Auto. Mein festes Ziel: Strafzettel zerknüllen, einsteigen und wegfahren.

Leider warteten direkt neben meinem Auto zwei junge Damen in einem blauen Polo darauf, dass der von mir besetzte Parkplatz frei wurde. Ich nahm meine weißen Knöpfe aus dem Ohr und lauschte.

»Seit gestern steht der Typ schon da!«

»Wieso denn Typ?«

»Sorry, aber so ein krankes Auto fährt doch keine Frau!«

Ich ging in die Gegenrichtung weg und nahm ein Taxi nach Hause. Dort öffnete ich mir ein Bier und verfolgte einen Bericht über einen Drohnenlieferdienst auf Island, bis meine Frau gut gelaunt von der Arbeit kam und fragte, wo denn mein Auto sei und was es zu essen gebe. Mist. Wegen dieses beschissenen Frauenparkplatzes hatte ich die Einkäufe vergessen. Und das Auto auch, wie ich meiner Frau kleinlaut gestand. Während ich ein aus dem Tiefkühler gemopstes schnelles Safranrisotto samt Fisch in Stäbchenform zubereitete, legte sie mir nahe, mal wieder mit meinem Mental-Coach zu sprechen. Das Schöne an unserer alten Dunstabzugshaube ist: Stellt man sie auf drei, hört man kein Wort mehr.

Als meine Frau vor dem Schlafengehen im Bad verschwand, kam ich auf eine Idee. Leider wurde ich beim Entwenden ihrer orangen Lederhandtasche erwischt, auch irritierte sie, dass ich eine lange blonde Perücke trug. Doch meine Frau verstand mich: Manchmal kam das mit dem Karneval auch einfach so über sie. Sie schlüpfte in ihr Skisprungkostüm, und wir feierten bis drei Uhr früh.

Am nächsten Mittag war ich verkatert. Dennoch fragte ich ein gutes Dutzend Passantinnen, ob sie vielleicht so nett wären, mein Auto von dem Parkplatz zu fahren, ich hätte eigentlich eine Behinderung, und nun sei es mir peinlich, auf dem Frauenparkplatz zu stehen.

Als keine der Frauen mir half, bot ich Geld und imitierte eine halbseitige Gesichtslähmung. Doch je mehr ich imitierte und je mehr Geld ich bot, für desto verrückter hielt man mich. Irgendwann kam die Besitzerin des Cafés zu mir raus und fragte mich, wann ich dieses erbärmliche Schauspiel zu beenden gedächte. Die erste Stunde sei es ja noch irgendwie komisch gewesen, aber nun wiederholten sich die Sketche. Abgesehen davon interessiere alle im Café nur eines: wem die goldene Schwanzverlängerung auf dem Frauenparkplatz gehörte.

Schweigend schlich ich nach Hause, wo meine Frau bereits einen Termin bei ihrem Neurologen für mich vereinbart hatte. Ich fragte, ob man da auch mit der Bahn hinkomme. Sie sagte, ja, mit der Eins.

Weil sich nach wenigen Tagen die Knöllchen auf weit über hundert Euro summiert hatten, suchte ich schließlich doch meinen Mental-Coach auf. Als ich ihm meine verzweifelte Lage schilderte, sagte er, dass das Auto auf dem Frauenparkplatz gar nicht mein eigentliches Problem sei. Sondern dass es mir viel zu wichtig sei, wie andere Menschen mich beurteilten.

Also fragte ich ihn, ob es dagegen vielleicht ein Medikament gebe, vielleicht ja sogar von Ratiopharm, doch Herr Hutschnur schlug mir stattdessen ein Blamagetraining nach Dr. Mück vor. Eine Weile lang sollte ich mich konsequent jeden Tag auf eine völlig neue Art und Weise absichtlich und geplant vor anderen Menschen zum Vollhorst machen.

»So wie dieser Lauterbach?«

»Ich spreche grundsätzlich nicht über andere Patienten, Herr Jaud.«

»Verstehe. Und wie geht das Blamagetraining genau?«

Dr. Hutschnur erläuterte die Vorteile der Mück-Methode. Diese würde mir helfen, aus beengenden Mustern auszusteigen und meine verkümmerte Selbstsicht zu korrigieren. Schlussendlich würde ich Situationen wie die mit dem Auto auf dem Frauenparkplatz viel lässiger angehen können. Ich war begeistert, und wir erstellten eine Liste. Meine Aufgaben für die erste Woche waren:

1. *Mit FDP-Button Passanten um Geld für ein neues iPhone anbetteln*
2. *Bei einem Heimspiel des 1. FC Köln Altbier vor dem Stadion verkaufen*
3. *Bei der nächsten Lesung einfach nur leise im Buch lesen statt laut vorlesen*
4. *Im Kino fortwährend »Leiser!« rufen – bis zum Rausschmiss*

5. *Mit einem aufgeblasenen Pool-Flamingo an der Leine durch die Stadt gehen*
6. *Mit eingenässter Hose in einem feinen Restaurant essen*
7. *Hundebesitzer um ihre aufgesammelten Tüten mit Fäkalien bitten wegen eines Fetischs*

Zögerlich nahm ich die Liste von Herrn Hutschnur entgegen.

»Bei Punkt sieben … Könnte ich da nicht auch laut Pornos schauen in der Bahn oder so?«

»Wie gesagt: Es soll so peinlich wie möglich sein, sonst hat es keinen Sinn.«

»Alles klar. Ich mach's ja.«

»Super!«

Dr. Hutschnur war geradezu euphorisch angesichts der Aufgaben, die vor mir lagen, und freute sich auf meine Berichte: »Sie werden sehen, dass die Methode Mück wirkt. Wenn Sie das gemacht haben, dann holen Sie Ihr Auto sogar nackt und singend ab. Also: Machen Sie sich lächerlich und pfeifen Sie auf das, was andere denken!«

»Super, danke. Und ganz ehrlich: Wie schnell Sie mein Problem erkannt haben und dann die Liste, da ziehe ich meinen –«

»Viel Glück, Herr Jaud!«

Schlappe 320 Euro später verließ ich die Praxis und studierte noch einmal meine Liste. Einen Aufblas-

Flamingo durch die Schildergasse ziehen? Meine Hose nass machen im Schritt und dann ins La Fonda? Um Hundekacke betteln? Da konnte ich ja auch gleich mein Auto abholen!

Und genau das machte ich dann auch. Noch während ich den Zettel mit meinen Aufgaben zerknüllte, eilte ich zum Parkplatz, zerriss die drei Strafzettel samt Abschleppandrohung und fuhr meinen BMW vom Frauenparkplatz. Wegen der Mück-Methode hupte ich sogar mehrfach! Und wissen Sie, was passierte? NICHTS.

Keine der Banana-Bread-Schwestis hat auch nur von ihrem Handy aufgeschaut. Aber – ich hatte mein Auto wieder, ich war frei! Kein Kino, kein Altbierverkauf beim FC, kein Hundekotfetisch! Was für eine Erleichterung!

Eines musste man meinem Therapeuten und seiner Methode Mück lassen: Sie wirkte. Sie wirkte sogar schon, bevor man sie überhaupt anwendete!

Aber irgendwie war ich nun auch angefixt. Gleich am nächsten Tag würde ich in einem FDP-Poloshirt in Köln-Kalk für mein neues MacBook betteln. Irgendwie musste ich die 600 Euro für Coaching und Strafzettel ja wieder reinbekommen.

LOCH IN DER LEINWAND

Filmpremieren sind wie eine Schachtel Pralinen: Man weiß nie, was man kriegt, das war sogar bei der Premiere von »Forrest Gump« so. Die Filmpremiere, zu der meine Frau und ich an jenem unvergesslichen Mittwoch eingeladen wurden, war eine ungarisch-deutsche Koproduktion mit dem spannenden Titel »Der Fährmann«.

Ich will nicht lange drum herum schreiben: Der Film war grauenvoll. Die langweiligsten zwei Stunden meines Lebens. Meine Frau, die mich begleitete, dachte ebenso. Schon nach wenigen Minuten traf mich ihr flehender Blick aus den Untiefen des Kinosessels. Ich glitt ebenfalls nach unten und flüsterte:

»Wir können nicht gehen, wir sind eingeladen. Da müssen wir jetzt durch!«

»Wie lange haben wir denn noch?«, flüsterte es zurück.

Ich blickte auf mein Handy.

»Noch 112 Minuten.«

Meine Frau schloss die Augen, atmete aber ruhig weiter. Ich selbst wagte wieder einen Blick auf die Leinwand, wo die Kamera seit einer guten Minute ein schaukelndes Boot am Ufer des Plattensees in verschiedenen Einstellungen zeigte. »Der Fährmann« war ein Drama und handelte von László, einem kauzigen ungarischen Binnenfährmann mittleren Alters. In Minute 29 tötet er auf einer nächtlichen Überfahrt seinen besten Freund Tamás im Streit. Es gelingt László, die Tat als Unfall darzustellen. Doch den wahren Kampf führt er nicht gegen die emsige Ermittlerin Boglárka, sondern gegen das schlechte Gewissen, das wie eine riesige Esterházy-Torte auf seinen Schultern lastet. In seiner Verzweiflung und zum Trost heiratet László Fruzsina, die nun verwaiste und depressive Ehefrau seines ermordeten Freundes Tamás (Minute 47). Er kümmert sich nicht nur liebevoll um sie, sondern auch um ihren Sohn Gergö. Höhepunkt des zweiten Aktes ist ein gemeinsamer Besuch bei der XIX. Karpfenfang-WM am See Deseda (Minute 63). Als Gergö durch einen Zufall rausbekommt, dass sein Stiefvater der Mörder seines echten Vaters ist (Minute 88), tötet er László aus Rache exakt so wie dieser zuvor den besten Freund: auf einer nächtlichen Überfahrt (Minute 102).

Das war's.

Also ich glaube, dass es das war. Die letzte Viertelstunde hab ich nämlich verschlafen und meine Frau ebenso. Wir wurden erst durch den tosenden Beifall geweckt. Es gab sogar Standing Ovations, an denen wir selbstverständlich sofort begeistert teilnahmen.

Da es sich um eine exklusive Weltpremiere handelte, traten nun auch alle Schauspieler vor die Leinwand, der Produzent, die Autorin und die Regisseurin, die gesamte Filmstiftung NRW, die Maskenbildner, die Szenenbildner, die Cateringfirma, die neun Fahrer, der Friseur des ungarischen Bootsverleihers und der Bürgermeister von Balatongyörök samt seiner Wähler. Erst nach einer Viertelstunde ebbte der Applaus ab, und wir konnten uns mit unseren lachgeklammerten Gesichtern ins Freie kämpfen. Noch im Gehen flüsterte mir meine Frau zu: »Wir können unmöglich zur After-Show-Party …!«

Auf einer Bank vor dem Kino ließen wir uns erschöpft nieder. Unsere eben noch lachenden Gesichter fielen in sich zusammen wie ein zu schnell aus dem Ofen genommener Kürtőskalács (ein über Holzkohle gerösteter, süßer Schornsteinkuchen und das Lieblingsgericht von Gergö).

Meine Frau bot mir ausnahmsweise eine Zigarette an, und aufgrund der besonderen Umstände nahm ich diese und die folgenden zwei an. Für eine Weile blickten wir stumm in die Nacht und genossen das feine Gift. Dann sagte ich:

»Schatz, ich weiß, wie du denkst, aber ich finde, wir sollten zur After-Show-Party.«

»Aber der Film war eine Katastrophe!«, protestierte meine Frau.

»Ja, er hatte ein paar Längen«, gab ich zu.

»EINE Länge!«, korrigierte mich meine Frau. »Und zwar von Minute 2 bis 121.«

Ich räumte ein, dass der Film hier und da misslungen war.

»Danke! Jetzt mal im Ernst. Da stimmte doch nix: die Dialoge, die Darsteller, die Regie … Ich weiß gar nicht, was ich am schlimmsten fand!«

»Ich fand den Fährmann am schlimmsten. Trotzdem sollten wir uns mal wieder sehen lassen bei den Filmleuten.«

»Und dieser Gergö! Das war kein Schauspieler, das war ein Loch in der Leinwand!«, steigerte sich meine Frau hinein und war noch nicht fertig: »Irgendwie hat's diese Möchtegernregisseurin sogar geschafft, dass mir beide Morde scheißegal waren.«

»Mir auch«, gab ich zu, »trotzdem sollten wir jetzt los und uns da mal sehen lassen. Ich will nicht immer nur keine Romane schreiben!«

Meine Frau blickte mich amüsiert an.

»Ah. Daher weht der Wind! Aber was bringt das, wenn wir uns dann einen ganzen Abend lang bei Sekt und Häppchen winden, damit wir ja nichts zum Film sagen müssen? Das ganze Team ist doch da, das ist deren Premiere und deren Abend. Und dann kommen wir und verderben ihnen die gute Stimmung. So kriegst du keinen Drehbuchauftrag!«

Sanft legte ich den Arm um meine Frau.

»Aber Schatz, keiner verdirbt die Stimmung. Wir sind doch Profis. Wir erwähnen natürlich nur die Dinge, die wir gut fanden.«

»Alles klar. Dann geh du, und ich fahr heim.«

»Dann denken alle, dass du den Film scheiße fandst.«

»Damit kann ich leben.«

»Ja, aber alleine mag ich da auch nicht rumlaufen.«

Meine Frau richtete sich auf und blickte mich herausfordernd an.

»Okay. Dann sag mir mal: Was war gut am ›Fährmann‹?«

Ich bat um eine weitere Zigarette und blickte auf die kalten Bürotürme des Kölner Mediaparks. Das Mondlicht fraß sich neugierig durch die wenigen Wolken und beleuchtete uns und unsere Bank, als säßen wir auf der Bühne vor der Leinwand.

»Hallo? Was war gut am Film?«

Ich schaute zu Boden und nuschelte:

»Die Beleuchtung war gut …«

»Wie bitte? Du sprichst undeutlich.«

»Die Beleuchtung! Der Film war gut ausgeleuchtet«, wiederholte ich lauter.

»Ernsthaft?«, stöhnte meine Frau. »Wenn dich der Produzent fragt, wie der Film war, dann sagst du, die Beleuchtung war gut?«

»Die Farbe vom Fährboot hat mir auch gefallen. Und die Achtziger-Jahre-Jeans von dieser Witwe Josanka.«

»Fruzsina hieß die. Und die Jeans hat man jetzt so. Hast du den dritten Akt überhaupt mitbekommen? Also ich nicht, ich bin eingeschlafen.«

»Ich doch auch, aber ich tippe jetzt mal drauf, dass

der Junge den Mord an seinem Stiefvater auch nicht verarbeitet hat und dann dem Alkohol verfallen ist.«

»Du TIPPST darauf?«, lachte meine Frau.

»Absolut. Wenn ich den Film geschrieben hätte, würde ich es so machen. Ich würde sogar noch den Sohn umbringen lassen von seiner Mutter. Auch auf dem See natürlich. Und zum Schluss bringt sie sich selbst um. Und den Bürgermeister von Balatongdingsda.«

Meine Frau schnippte ihre Zigarette durchs Mondlicht und schaute zu den wartenden Taxis.

»Lass uns nach Hause fahren. Glaub mir: Ist besser!«

»Nein, Schatz. Wir ziehen das jetzt professionell durch. Es ist die halbe Filmbranche aus München und Berlin da! Endlich ist mal eine Premiere in Köln, und Kontakte sind wichtig!«

»Aber keiner von uns kann lügen«, seufzte meine Frau.

»Wir lügen ja auch nicht, wir verschieben nur den Fokus auf das, was uns gefallen hat. Das kriegen wir schon hin.«

»So wie auf dem Geburtstag meiner Tante in London? Wo wir uns geschworen haben, kein einziges Wort zum Zweiten Weltkrieg zu sagen?«

»Wenn mich deine Tante nach einem typischen deutschen Buch für die Kinder fragt, dann kann ich als Autor ihr doch einen Tipp geben?«

»Ja, aber doch nicht ›Mein Kampf‹!«

»Das hab ich nur gesagt, weil dein Onkel sich darüber lustig gemacht hat, wie hässlich Köln wäre, wo er doch '42 alles fein säuberlich begradigt hatte für schöne Neubauten.«

»Er sagte nicht ›begradigt‹, er sagte ›plattgemacht‹. Aber ist ja auch egal. Weil wir jetzt nach Hause fahren.«

Ich drückte ihre Hand.

»Nur EIN Stündchen. Wir sagen hallo zu allen, loben den Film und lassen beiläufig fallen, dass wir bereit für neue Projekte sind. Und dann hauen wir sofort ab.«

Meine Frau stöhnte.

»Du gibst nicht auf, oder?«

»Nein!«

Kurz darauf stoppte der Premierenshuttle vor einem edlen Restaurant im Norden der Stadt. Der Außenbereich war festlich beleuchtet, an den Stehtischen nahmen die ersten Premierengäste ihr Begrüßungsgetränk.

»Da haben Sie was verpasst«, sagte ich schon zur Bedienung, »das war der beste Film, den ich seit langem gesehen habe!«

Meine Frau rollte mit den Augen.

»Kleines Warm-up«, flüsterte ich ihr augenzwinkernd zu und reichte ihr das Sektglas. Dann klammerten wir uns an einen der Stehtische und beobachteten, wer aus den minütlich eintreffenden

Limousinen stieg. Nach und nach kamen die Schauspieler, der Produzent, die Autorin und die Regisseurin. Ein Reisebus in Regenbogenfarben brachte die Filmstiftung NRW, ein wenig später erkannte ich die Maskenbildner, die Szenenbildner, die Cateringfirma, die Fahrer, den Friseur, den Bürgermeister und seine Wähler und zehn Pressevertreter des WDR.

Nach einem letzten Mut-Sekt wagten auch wir uns nach drinnen und mischten uns unter die Leute. Ein paar Gäste kannten wir und winkten hier und dort. Natürlich waren wieder einige Kollegen dabei, die nur ans Geschäft dachten: Man erkannte sie daran, dass sie sich ausschließlich mit den wichtigen Leuten unterhielten. Ekelhaft.

An der Bar schien Viktor, der »Fährmann«, zu stehen. Ohne Bart und mit Jackett war er fast nicht zu erkennen. Eilig zog ich meine Frau in Richtung Bar, positionierte mich neben ihm und bestellte zwei Gläser Weißwein. Der Fährmann bekam gerade einen großen Mai Tai gereicht und wollte gehen, doch ich stellte mich in seinen Laufweg und strahlte ihn an: »Entschuldigung, aber ich muss Sie jetzt einfach mal beglückwünschen. Ein toller Film! Hat uns beide richtig mitgerissen von Minute eins bis zum Schluss! Wir sind übrigens Drehbuchautoren.«

»Freut mich«, nuschelte er und nahm einen Schluck. Bevor Viktor zu seinem Tisch konnte, lobte ich noch seine herausragende Schauspielkunst. Gegen die Sitze habe er uns gespielt, und oft hätten wir nicht gewusst, ob wir lachen, weinen oder schreien sollten. Und überhaupt: dass er bei seinem Ausnahmetalent noch keiner der Top-Ten-Hollywoodstars war, wolle einfach nicht in unsere Köpfe. Während der Fährmann stumm nickte und trank, starrte mich meine Frau fassungslos an. Und entschuldigte sich ausgerechnet für kleine Autorinnen, als Produzent Martin Goldberg an die Bar kam und einen dreifachen Single Malt ohne Eis orderte.

Da ich Martin kannte, setzte ich dort an, wo ich beim Fährmann aufgehört hatte: »Also, wenn das Ding an der Kasse nicht knallt, dann weiß ich auch nicht mehr.«

»Mensch, Tommy! Lange nicht gesehen.«

»Drei Jahre!«

»Fandste gut?«

»Gut?«, lachte ich und stieß mit dem Fährmann und Martin an, der sogleich die Regisseurin zu uns winkte. Ich sprach einfach weiter: »Ich fand ihn sensationell. Vor allem László. Begnadet. Ich hab jede Sekunde mit ihm gefühlt. Dieser innere Kampf. Der Schmerz. Aber halt eben nicht so eine Ich-drückmal-die-Emotionstasten-Inszenierung, sondern subtil und tief, das kann auch einfach nur eine Frau.«

Die Regisseurin stand nun direkt vor mir. Kurze graue Haare, feines Gesicht, nicht besonders groß und Mitte vierzig.

Martin fasste kurz zusammen, was sie verpasst hatte:

»Da hast du jetzt aber wirklich einen Fan, Lisa. Tommy liebt den Film!«

»Freut mich. Lisa Bechler.«

»Tommy Jaud.«

»Ah … ›Vollidiot‹, oder?«

»Genau. Aber das ist ja fast zwanzig Jahre her und geradezu infantil gegen das, was du hier auf die Beine gestellt hast. Ich meine, es ist immer schwer zu sagen, wo Regie aufhört und Genie anfängt, aber das hier, das ist ein künstlerischer Geniestreich. Wer diesen Film gesehen hat, der ist ein anderer Mensch danach.«

Dem Fährmann, Martin und Lisa schienen meine Worte gutzutun, so wie sie an meinen Lippen hingen. Auch bemerkte ich, dass sich immer mehr Leute vom Filmteam um mich scharten, inklusive des Bürgermeisters von Balatongyörök, Journalisten und TV-Reporterinnen. Alle Augen, Ohren und Linsen waren auf mich gerichtet. Und wo ich schon mal in Fahrt war, da machte ich einfach weiter: »Es gibt halt Projekte und … die sind sehr selten, wo genau die richtigen Talente zur richtigen Zeit zusammenkommen und ein Werk schaffen, von dem man noch Jahrzehnte sprechen wird.«

»In unsere Kamera auch«, rief ein Reporter von Sky. Ich nickte und setzte neu an.

»Es ist selten, dass die perfekten Leute für ein Projekt zusammenkommen. Das war vielleicht gerade mal bei ›Der Pate‹ so, ›Pulp Fiction‹ und ›Metropolis‹, aber auch diese Liste wird neu sortiert werden müssen nach dem ›Fährmann‹. Es tut mir leid, aber … ich bin einfach ehrlich und … wenn ich nur einen Film in meinem ganzen Leben sehen dürfte: Ich würde mir den ›Fährmann‹ aussuchen!«

»Wer sind Sie noch mal?«

»Tommy Jaud!«

»Ah … ›Vollidiot‹, oder?«

»Richtig!«

Im Anschluss machte ich Fotos mit den Darstellern, der Regisseurin und dem Produzenten. Ich sprach mit Pro7, DWDL, NBC, mit der BILD und der Wild & Hund. Das Beste war: Ich bekam Freikarten für die XX. Karpfenfang-WM, lebenslange Fahrten auf dem Plattensee und einen Beraterjob im Gemeinderat von Balatongyörök.

Am Ende der Feier traf ich Produzent Martin auf den Herrentoiletten am Pissoir. Während er laufen ließ, bedankte er sich sichtlich gerührt für meine aufopfernde Werbung. Diese würde bei einem so schwachen Streifen sicher helfen, wenigstens ein paar cineastische Nebelwanderer ins Kino zu locken.

Ich verstand nicht ganz und hakte daher feinsinnig nach: »Hä?«

»Ganz einfach, Tommy: ›Der Fährmann‹ ist der beschissenste Film, den ich jemals rausgebracht habe. Seit Wochen schäme ich mich. Weil da einfach nix stimmt: die Regie nicht, die Schauspieler nicht, ja nicht mal die Musik! Die Beleuchtung und die

Fähre waren ganz okay, das war's dann aber auch. Findet das Team leider auch, die Presse und der Mutterkonzern in L.A. Aber manchmal gibt es halt so Projekte. Da heißt es dann Mund abwischen, aufstehen, weitermachen. Oder?«

Statt dem Produzenten antwortete ich der Fliege im Pissoir.

»Auf jeden Fall. Und wo wir gerade so schön beisammenstehen: Ich hätte auch mal wieder Lust, einen Film zu schreiben!«

Vorsichtig blickte ich zur Seite. Martins Gesichtsausdruck würde ich meiner Frau am nächsten Morgen als »zum Äußersten entschlossen« beschreiben.

»Ganz ehrlich, Tommy: Wenn du diese Katastrophe von Film so gut findest, dann passen wir nicht zusammen. Ich hasse den Film, und ich will ihn auch nie wieder sehen.«

»Aber –«

»Und dich auch nicht. Das war der schlimmste Abend meines Lebens. Du entschuldigst mich, ich will nach Hause.«

Der Produzent schüttelte ab und schloss seinen Reißverschluss.

»Darf ich noch was fragen?«

»Nein!«

»Wie ging der Film denn aus?«

»Der Junge wird auch zum Säufer und bringt seine Mutter um, dann sich selbst und dann den Bürgermeister.«

»Erst sich selbst und dann den Bürgermeister? Wie geht das denn?«

»Eben!«

Martin drückte die Spülung, wusch sich die Hände und verschwand. Eine Viertelstunde später konnte auch ich pinkeln. Dummerweise hatte ich meinen Reißverschluss noch geschlossen.

Nach akrobatischen zehn Minuten über einem Händetrockner fand ich meine Frau rauchend an einem der Stehtische vor dem Restaurant.

»Also, eines muss man schon sagen: Lügen kannst du! Sogar die BILD glaubt dir.«

»Danke.«

Dann zeigte sie mir die Startseite der BILD auf ihrem Handy. Darauf war ein Foto von mir und dem Fährmann zu sehen und die Schlagzeile: DIESER FLOP HAT NUR EINEN FAN!

Ich stöhnte leise, gab meiner Frau das Handy zurück und nahm eine ihrer Zigaretten.

»Dann war es ja gut, dass wir hier waren!«

»Warum?«

Ich blies den Rauch in die Nacht und lächelte sie zufrieden an.

»Ich hab jetzt wieder richtig Lust, an meinem Roman zu arbeiten!«

MEHRWEG

Letzte Woche betrat ich die neu eröffnete Salatbar in der Nähe meines Büros und bestellte mir … tata … einen Salat! Einen Salat! Ich!

Und es kommt noch besser, denn ich wurde sogar stolzer Besitzer einer formschönen und nachhaltigen Mehrwegsalatbox. Mehrweg! Ich! Mit dieser Box, so fiepte mir ein rothaariger Saladista von der Zerbrechlichkeit einer Linguine zu, würde ich Verpackungsmüll vermeiden und bekäme deswegen sogar noch eine Extrazutat geschenkt: geröstete Körner zum Beispiel, Rote Bete oder sogar Radisprossen. Ich hielt dies für eine fantastische Idee und entschied mich für Nachos. Leider war mein Salatmix während unserer Plauderei von einem unachtsamen Grobian in eine winzige Pappbox geknechtet worden, so dass ich meine neue Mehrwegsalatbox unbefüllt mitnehmen musste.

Da ich trotz des Pappmalheurs etwas für die Umwelt tun wollte, kippte ich, zurück im Büro, den Salat samt Gratisnachos in meine nachhaltige Mehrwegsalatbox, und tatsächlich – es machte etwas mit mir. Schon beim Essen wurde mein Innerstes von der Gewissheit erwärmt, endlich etwas Richtiges für unseren gefährdeten Planeten getan zu haben. Mit einer einzigen winzigen Entscheidung war ich vom Nach-mir-die-Sintflut-Satiriker zu einem nachhaltigen There's-no-Planet-B-Autor mit ökologischer Teilhabe geworden. Endlich hatte ich eine Nische gefunden, in der ich mich aktiv am Umweltschutz beteiligen konnte: Mein Mittagessen war ab sofort sozusagen CO_2-neutral! Oder zumindest die Verpackung. Achtsam und stolz stellte ich meine Box neben die Küchenspüle, so dass ich sie abwaschen konnte, wenn ich ohnehin das nächste Mal warmes Wasser benutzen wollte.

Am nächsten Morgen war ich schon ganz begierig darauf, wieder nachhaltig zu sein. Meine tagesaktuelle Extrazutat hatte ich noch im Bett auf dem Handy recherchiert: Es würden in jedem Fall Croûtons werden!

Als ich dann nach einem kurzen Frühstück gegen zwölf Uhr von der Tiefgarage direkt zur Salatbar eilte, fiel mir ein, dass meine Salatbox ja noch in meinem Büro war. Sie dort zu spülen und zurück zur Salatbar zu tragen könnte mich mehr als eine Viertelstunde kosten, zudem war nun genau die Uhrzeit, zu der sich vor dem hippen Laden eine nachhaltige Schlange emsiger Planetenretter*innen bilden würde. Ratlos blickte ich in die noch leere Salatbar. Was sollte ich tun? Ich konnte die übliche Pappbox kaufen und den

Salat im Büro umfüllen. Das war natürlich Unsinn. Also tat ich das, was wohl jeder in meiner Situation getan hätte: Ich kaufte mir nebenan einen großen Cheeseburger mit extra Käse und Bacon. Leider wurde mir der Burger in einer Styroporbox überreicht, wofür ich den tätowierten jungen Mann am Grill heftig kritisierte, doch machen wir uns nichts vor: Der kleine Burger war für die Umwelt natürlich allemal besser als ein großer Salat in einer teuren zweiten Mehrwegkunststoffbox.

Leider lagen mir das viele Fleisch und die dicken Soßen so schwer im Magen, dass ich wie ein Sandsack auf meine Kreativcouch sank und erst gegen Feierabend aufwachte.

Nachdem ich zu nix gekommen war, schaltete ich meinen Computer aus und verpackte meine Salatbox in Alufolie und zwei Plastiktüten, so dass ich sie mit in mein Auto nehmen konnte. Dort war die Box am besten aufgehoben, denn so hatte ich sie gleich dabei, wenn ich von der Tiefgarage zur Salatbar ging. Freilich durfte ich nicht vergessen, wo die Box denn nun war. Nachhaltigkeit kann eben auch anstrengend sein. Als Eselsbrücke dichtete ich beim Fahren den Refrain eines bekannten kölschen Karnevalshits um und schmetterte ihn, so laut ich konnte: »Mer lasse de Box im Auto, denn da jehört se hin. Wat soll se denn woanders, dat hät doch keene Sinn!«

Der darauffolgende Tag überraschte mich mit feinstem Wetter und angenehmen Temperaturen. Erst als ich mein Fahrrad im Hof hinterm Büro abschloss, erinnerte ich mich an meinen Eselsbrückenhit und die Salatbox im Auto. Aber gut. Kein Problem. Da stand ich natürlich drüber, solche Sachen passierten. Ich trat zwei große Blumentöpfe mit Kunstpflanzen um, das war es schon. Dann rief ich meinen Orthopäden an und bat um einen Termin wegen diffuser Schmerzen und Verfärbung meines großen Zehs.

Der zweite Anruf galt meiner Frau. Diese war nämlich Stammkundin in einer anderen Salatbarfiliale und ebenfalls stolze Besitzerin einer Mehrwegbox. Ich schilderte ihr mein nachhaltiges Logistikproblem. Sie riet mir, meinen Salat dieses eine Mal im Karton zu holen. Meine Mehrwegbox solle ich im Auto lassen, alles andere ergebe keinen Sinn.

Ich dankte ihr für ihren Rat, wies aber darauf hin, dass ich so ja meine Extrazutat verlieren würde. Zudem fände ich es grotesk, meinen Salat in einer Pappbox zu kaufen, wo ich doch gerade eine nachhaltige Kunststoffbox mit bunten Gemüsemotiven für zehn Euro erworben hatte. Meine Frau beendete das Gespräch mit dem Verweis, dass sie noch am Nachmittag ein Filmexposé abgeben müsse, und wünschte mir viel Erfolg für meinen Schreibtag.

Ich war viel zu unruhig, um zu schreiben. Meine Frau mochte ja recht haben, aber wie konnte ich als nachhaltiger Mehrwegboxbesitzer jetzt noch einen Salat in Pappe kaufen? Es fühlte sich einfach falsch an. Also ging ich mittags zum Türken.

Mit einem in Alufolie gewickelten Kalbsdürüm, zwei Baklava in Frischhaltefolie und einem Ayran im Plastikbecher schlich ich mich zurück ins Büro. Dort schlang ich hastig alles herunter und absolvierte drei Meditationen aus dem Kurs »Wut verwandeln«.

Gegen halb drei hielt ich es nicht mehr aus. Die verdammte Box musste zu mir ins Büro! Also nahm ich ein Taxi nach Hause, sprang in mein Auto und raste samt Box wieder in die Stadt. Zurück im Büro spülte ich meine eingetrocknete, schmutzige Box mehrere Minuten lang mit heißem Wasser und föhnte sie trocken, wobei mehrere aufgedruckte Gemüsesorten an Farbe und Form verloren.

Ich wollte gerade mit der Arbeit an meinem neuen Roman beginnen, als ich meinen Fahrradschlüssel auf dem Schreibtisch sah. Frustriert atmete ich aus. Warum war ich Idiot denn mit dem Taxi zu meinem Auto gefahren statt mit dem Rad? Nun hatte ich ja das Auto UND das Rad am Büro! Diese Mehrwegbox machte mich noch ganz rappelig!

Ich war so sauer, dass ich mir das Klappspatenset »Multifunktional« für Angeln, Camping und Expedition bei kaufland.de bestellte und vier Artikel in der WELT auf äußerst zynische Art kommentierte. Wie durch ein Wunder wurden die Kommentare freigegeben, woraufhin ich bis in den späten Nachmittag auf üble Herabwürdigungen seitens anderer Leser reagieren musste.

Erst eine Stunde vor Feierabend konnte ich in Ruhe meinen Computer runterfahren, das Rad in den Kofferraum meines Autos quetschen und mich mit geöffneter Heckklappe durch die Rushhour nach Hause quälen. Ohne Box!

Kurz vor unserer Wohnung hielt mich die Polizei an und schlug mir höflich vor, einen Fahrradhalter zu erwerben, am besten sofort, so jedenfalls sei ich eine Sicherheitsgefahr. Ich entschuldigte mich und berichtete, wie ich überhaupt erst in diese unsägliche Situation gekommen war: wegen meiner Mehrwegbox. Die Beamten umarmten mich, dann durfte ich weiterfahren. Sie hatten dieselben Salatboxen gekauft wie ich und sie ebenfalls noch nie benutzt.

Zu Hause überraschte mich meine Frau mit einem großen, bunten Salat. Er war so lecker, dass ich Unmengen davon aß. Wenn ich schon in der Stadt keinen bekäme, sagte sie.

Ich dankte ihr von Herzen, erzählte von meinem Tag und überlegte, meine Salatbox mit einem kleinen Funkchip zu tracken. Meine Frau riet mir davon ab. Vielmehr solle ich mich nicht dermaßen in diese kleine Sache hineinsteigern und die Mehrwegsalatbox einfach dann einsetzen, wenn es passte.

Ich konterte, dass meine Box eben keine kleine

Sache sei und der Kauf nur nachhaltig wäre, wenn ich sie stets benutzte und nicht nur, »wenn es passte«. Und wenn alle so dächten wie sie, könnten wir unseren ganzen Planeten ja gleich in den Müll schmeißen. Es kann sein, dass meine Stimme dann und wann ins Verächtliche glitt. Ich glaube, ich nannte sie auch ein einziges Mal »wütende weiße Frau«. Jedenfalls verbrachte ich die Nacht auf der Couch. Wenn ich auch noch »alt« gesagt hätte, hätte ich sicher in ein Hotel gehen müssen.

Am nächsten Tag wachte ich später als gewöhnlich auf. Mein erster Gedanke: Warum hatte ich die Box im Büro gelassen?

Ich raste in die Innenstadt, taumelte aus der Tiefgarage und passierte die Salatbar, vor der gerade mal zwei Kunden warteten. Doch dieses Mal gab es kein Zurück. Ich eilte ins Büro, schnappte mir meine gespülte und geföhnte Box und reihte mich wenige Minuten später in die längste Schlange der Welt. Ich tippte auf zwei Dutzend Saladeros. Das Seltsame war: Keiner von ihnen hatte eine Salatbox.

Noch während ich und die Schlange uns dem rothaarigen Saladista entgegenwanden, musste ich mir eingestehen, dass ich heute gar keine Lust auf Salat hatte. Scheu blickte ich auf die helle Menütafel und war erleichtert: Es gab auch noch Paninis und Suppen. Als das linguineförmige Bestellmännchen hinter dem Tresen mir zufiepte, dass er mir das Pulled Beef Panini nur auf die Hand mitgeben könne, reagierte ich ein wenig kurzluntig:

»Ich will es aber in meiner Mehrwegbox mitnehmen!«

»Tut mir wahnsinnig leid, das Panini geben wir nur in Papier raus.«

»Und was ist dann mit meiner Extrazutat?«

»Sorry, nur für Salat.«

»Ich hab aber die Box dabei!«

»Alles gut …«

»Gar nix is gut!«

»Sorry …«

Ich atmete durch und schaute erneut auf die große Menütafel. Dann orderte ich eine Suppe für meine Salatbox.

»Verpackt ist die dann ja wohl nicht, oder?«

»Nein, aber unsere Suppen sind zu heiß dafür«, piepste die beschürzte Linguine und drehte meine Box um.

Hier waren tatsächlich mehrere Symbole zu sehen, von denen eines besagte, dass die Box nicht für Temperaturen über 60 Grad gemacht sei.

»Im Ernst?«

»Ja. Sorry, Tommy.«

»Ach«, ich lächelte freundlich, »du bist ein Fan?«

»Nein, dein Name steht auf der Box«, kam es ebenso freundlich zurück.

»Dann warte ich, bis die Suppe 59 Grad hat.«

»Alles gut. Wir haben aber kein Thermometer hier.«

»Ich kauf eins!«

»Sorry, ich kann die Suppe nicht da reinfüllen.«

»Also, jetzt reicht's mir aber!«

Ich schlug gegen eine Pyramide aus Mehrwegsalatboxen, die sich im gesamten Laden verteilten. Ein paarmal vernahm ich meinen vollen Namen in Verbindung mit Worten wie »Hat sich lange abgezeichnet«, »Ist ganz schön durch« und »Vielleicht mal zum Therapeuten?«.

Das stimmte. Bei meinem Mental-Coach Dr. Hutschnur war ich lange nicht gewesen.

Ich hastete aus der Salatbar und taumelte zu meinem Lieblingsitaliener, wo ich aufgeregt darum bat, mir lauwarme hausgemachte Gnocchi in meine umweltfreundliche Mehrwegbox zu füllen.

Das sei eine tolle Idee, nur dürfe er laut Gesetz nicht mit fremdem Geschirr in der Küche hantieren, antwortete er plötzlich auf Italienisch. Da ich kein Italienisch kann, zog ich weiter.

Wie im Wahn schlingerte ich samt Box von Restaurant zu Restaurant und drückte dabei mehrere Anrufe meiner geschätzten Lektorin weg. Jetzt war nicht die Zeit für dramaturgisches Geplänkel! Ich hatte Hunger! Und ich wollte diese verdammte Mehrwegbox nutzen und den Planeten retten, und wenn es bis Mitternacht dauerte!

Es dauerte bis Mitternacht. Der andalusische Grillspieß passte nicht in die Box, mein Steh-Israeli arbeitete mit einem konkurrierenden Mehrwegsystem, und der Sterne-Franzose servierte nichts in Plastik.

Der Mond stand schon hoch über Köln, als ich vorm Fenster der bereits geschlossenen Salatbar zu Boden glitt, mir ein Feuerzeug von einem der vielen Junkies lieh und die Mehrwegbox anzündete. Bald fraßen sich hungrige Flammen durch den angeblich so nachhaltigen Kunststoff. Nach Schweröl stinkende Rauchschwaden stiegen auf. Die Warn-App NINA vibrierte, meldete einen noch ungeklärten Chemieunfall in der Innenstadt und riet sämtlichen Anwohnern, die Fenster zu schließen und Lüftungen abzustellen.

Als die nutzlose Box endlich zu einem schwelenden Plastikklumpen geschrumpft war, machten sich Erleichterung und ein wundervolles Freiheitsgefühl in mir breit. Morgen schon würde ich wieder essen können, was ich wollte.

KEINE RATTEN

Bei Online-Hotelbewertungen gibt es eine wichtige Regel: Man sollte sie erst dann absenden, wenn man das bewertete Hotel bereits verlassen hat. Dies sollte man insbesondere dann beherzigen, wenn einen das Buchungsportal noch vor der Abreise nötigt, alle Details des Aufenthalts zum Wohl zukünftiger Gäste zu kommentieren. Mich erreichte eine solche Mail im Bett noch vor dem Frühstück am Abreisetag aus meiner Lieblingsstadt Bamberg.

Ich zögerte, denn ich hatte Kopfschmerzen wegen der vielen »Seidlas«, die ich mir am Vorabend im Brauhaus Sternla »gebadschd« hatte. Das ist oberfränkisch für »zu viel Bier getrunken«. Zudem war ich übellaunig, weil ich seit Tagen nichts zu Papier gebracht hatte und beinahe in die Turbinen des städtischen Wasserkraftwerks geraten war. Man konnte die Rezensionsbitte von booking.com freilich auch als morgendliche Kreativübung sehen. Gerade weil kurze Texte oft schwieriger sind als lange. Ich spürte eine gewisse Herausforderung.

Also richtete ich mich im Bett auf und tippte auf den Link in der Mail. Und dann bewertete ich. Ich weiß auch nicht, warum die Wörter mir an diesem frühen Morgen einfach so in mein Handy flossen, vermutlich weil eine Hotelbewertung kein Roman ist. Und als ich nach wenigen Minuten im kreativen Flow endlich auf »Absenden« tippte, da hatte ich sogar ein kurzes Glücksgefühl. Ich hatte etwas erschaffen! Noch vor dem ersten Kaffee! Warum machte ich das nicht immer so? Beschwingt duschte ich, nahm eine Aspirin und zog mich bestens gelaunt an. Und auf dem Weg zum Frühstück konnte ich nicht anders, als mir meine Bewertung noch einmal durchzulesen.

Tommy Jaud, Deutschland
Bewertung abgegeben am 22. Juli,
06:03 Uhr

Knastartiges Kettenhotel mit schlechtem Wetter und kaltem Rührei

Hat mir nicht gefallen:
Zimmer so klein, dass ich mich entscheiden musste: entweder ich oder mein Koffer. Teppich erinnert an das Design von Straßenbahnsitzen: Selbst mit Blut, Urin und Kotze sähe dieser sauber aus. Lichtstimmung im Zimmer ähnelt dem Kontrollraum eines nordkoreanischen Kernkraftwerkes. Matratze quietschte beim Abkleben des stets blinkenden Rauchmelders, Kopfkissen fiel

nachts mehrfach aus dem Bett. Zimmer sind hellhörig: Die Nachbarn beschwerten sich über mein Schnarchen. Bad schon nach einmaligem Duschen nass. Auf der TV-Fernbedienung fehlte die Taste sieben, aber nicht schlimm, da auch der Fernseher fehlte. Schlechtes Wetter über den gesamten Aufenthalt, es fühlte sich niemand zuständig. Wärmepumpe im Hof nervt nachts, Zimmer trotzdem kalt. Rührei gestern auch. Andere Hotelgäste sind alle Touristen und geben mir das Gefühl, selbst einer zu sein, was mich sehr verstört, da ich in Bamberg studiert habe (nach dem Vordiplom abgebrochen).

Hat mir gefallen:
Es gab keine Ratten.

Ich war zufrieden. Aber vielleicht könnte ich hier und da etwas kürzen und am ein oder anderen Gag arbeiten. Zu spät. Noch im Flur vermeldete mir booking.com per Mail, dass meine Bewertung nun online war und alle sie lesen konnten. Ich erstarrte. What? Mein Text war schon veröffentlicht? Innerhalb einer halben Stunde? Sonst dauerte das doch Tage! Hatte booking.com wegen Pandemie und Krieg nur noch ein einziges Hotel?

Mit nunmehr engem Hemdkragen sah ich die Aufzugtür aufgleiten. Drin stand eine blasse Reinigungskraft mit Putzwagen und blickte mich vorwurfsvoll an. Ich nuschelte ein krampfiges »Guten

Morgen« und drückte hastig die Eins für die Frühstücksetage.

Mein Gruß wurde nicht erwidert, der Grund war mir klar: Die arme Frau hatte meine Bewertung gelesen und hasste mich. Wie in Zeitlupe schlossen sich die Türen, dann fuhren die Reinigungskraft, mein schlechtes Gewissen und ich gefühlte zehn Jahre lang nach unten. Ich starrte derweil auf das Aufzugschild, noch Monate nach dieser Fahrt kenne ich jedes Detail: *Schmidt & Sohn, Fabrik. Nr. 55162, Baujahr 2018, Tragfähigkeit 450 kg oder 6 Personen. TÜV bis 09/23.*

Auf der Frühstücksetage angekommen, versteckte ich mich hinter einer großen Dekopflanze. Ich musste diesen unsäglichen Verriss zurücknehmen! Angespannt klickte ich mich durch die App auf der Suche nach einem »Löschen«-Button. Es gab keinen. Ich überlegte kurz, dann schrieb ich dem Kundendienst, dass ich Schriftsteller sei und gerne noch einmal über meine Bewertung gehen wolle, um ihr den letzten Schliff zu geben. Dankenswerterweise erhielt ich die direkte Bestätigung, dass man mich innerhalb der nächsten zehn Werktage kontaktieren werde.

Geduckt schlich ich zur Rezeption. Die freundliche junge Dame, die mir gestern noch ein Gratis-Ausfahrticket für die Tiefgarage geschenkt hatte, wies mir heute trocken Tisch Nummer neun zu. Ich bedankte mich und wagte einen Blick an ihr vorbei ins Büro, wo Kollegin Helga traurig vor dem Computer saß. Helga Steinmetz hatte alle meine Bücher gelesen, und erst gestern hatte ich ihr Lieblingsbuch »Resturlaub« signiert: *Für Helga. Viel Spaß. Herzlich, Ihr Tommy Jaud*

Ich nahm an, dass sie das Buch bereits geschreddert hatte.

Der Frühstücksraum war gut gefüllt. Auf dem Weg zu meinem neuen Tisch trafen mich viele finstere Blicke der Touristen. Offensichtlich hatte sich mein hochnäsiger Verriss bereits herumgesprochen. Man braucht keine große Phantasie, um zu erahnen, was all die Menschen dachten: »Aha, fühlt sich als was Besseres!« oder »… jetzt zeigt er mal sein wahres Gesicht, der Jaud!« und »… soll er doch woanders hingehen, wenn's ihm hier nicht fein genug ist, ins Hilton, Hyatt oder Mandarin Oriental!«

»Es gibt kein Mandarin Oriental in Bamberg!«, zischte ich einem Grundschulknirps zu, und die Eltern zogen ihn rasch zur Seite: »Lass den wütenden alten Mann!«

Mein Tisch mit der Nummer neun war kleiner als der am Vortag und zwischen dem Besteckkasten und dem Kücheneingang positioniert. Alle paar Sekunden schwang die Küchentür auf, und eine Welle aus Geklapper, Geschrei und Gerätegebimsel schwappte über mich. Auf der anderen Seite des Tisches trümmerte ein übellauniger Osteuropäer ein

Kilo benutztes Besteck in graue Plastikwannen. Und dann wackelte mein Tisch auch noch. Ich atmete tief durch und blickte verzweifelt zur Decke, wo gerade ein Klimagerät seinen Betrieb aufnahm.

Sie hatten meine Bewertung gelesen. Alle. Und nun wollten sie mich loswerden. Jeder andere Gedanke war naiv. Sollte ich hier überhaupt noch frühstücken oder lieber gleich abreisen? Hunger jedenfalls hatte ich keinen mehr. Damit Sie mich nicht falsch verstehen: Ich war vor allem sauer auf mich selbst. Was hatte mich nur geritten, eine solche Rezension zu schreiben? Unausgeschlafen und mit Restalkohol? Warum musste nun ein ganz normales Hotel dafür büßen, dass mein letzter Roman nur eine Woche auf Platz eins war? Den Hotels ging es ja eh schon schlecht, und dann kommt so ein wohlstandsverwahrloster, zynischer Großstadtmisanthrop in seiner Midlife-Crisis daherstolziert und vernichtet mit seiner Hyperschallbewertungsbombe auch noch die allerletzten Arbeitsplätze. Vor allem: Hatte ich nicht noch vor ein paar Tagen einem renommierten Journalisten begeistert verkündet, gerade jetzt, in diesen bleiernen Zeiten, sei es meine Pflicht, die Menschen zum Lachen zu bringen?

Ich presste meine Lippen aufeinander und blickte geradewegs in die tränenverschmierten Augen einer quadratischen Kellnerin ohne Hals. Indem ich allen Mut zusammennahm, reichte ich ihr eine Serviette und fragte höflich nach einem Milchkaffee, gern auch kalt und ohne Milch. Und Kaffee auch nur, wenn sie noch welchen hatten. Ein Wasser und ein Keks täten es freilich auch. Oder auch nur ein Wasserglas, ich würde es mir dann in den Waschräumen halb vollmachen. Wortlos drehte sie den Tischaufsteller zu mir und verschwand.

Den Aufsteller hatte ich noch gar nicht gesehen: *Frische Kaffeespezialitäten bekommen Sie an unserem Automaten.*

Gut, seufzte ich, einen Kaffee holst du dir noch und ein Croissant vielleicht, dann aber nichts wie weg, und auf der gut vierstündigen Rückfahrt nach Köln würde ich meinen peinlichen Verriss eliminieren und am nächsten Tag eine wirklich schöne Bewertung schreiben. Als ich zum Kaffeeautomaten schlurfte, schnappte ich die Wortfetzen der anderen Gäste auf, ich meinte »Ned amoll ferdich studiert hadder« zu hören, »… eine Schande« und »… ›Der Junge muss an die frische Luft‹, das hab ich so gerne gelesen, aber dass er so ein Idiot ist, das hätte ich nie gedacht!«.

Am Automaten zitterten meine Hände derart, dass ich Hühnerbrühe statt Cappuccino drückte. Da hinter mir bereits ein anderer Gast wartete, nahm ich die lauwarme Brühe an mich und schlich zum Buffet. Säfte, Müsli, Wurst und Käse, all dies klappte vor meinen Händen weg wie die Steine beim »Domino Day« auf RTL (ein Spektakel für die ganze Familie), und nur mit Glück konnte ich mir noch eine heruntergefallene Scheibe Toastbrot sichern.

Als ich mich mit meinem kargen Mahl dem winzigen Katzentisch näherte, kam ich wegen eines gefühlten Wintersturms fast nicht bis zum Platz. So brutal eisig war der Wind, dass ich mich mit meiner Tischdecke verhüllte, bevor ich wieder Platz nahm. Bibbernd blickte ich nach oben zum Klimagerät und sah die Leuchtziffer 10. In jedem Fall brachte das Gerät eine solche Leistung, dass Hühnerbrühe und Handy auf einer dünnen Eisschicht über den Tisch glitten und auf den Boden zu fallen drohten. Beherzt rettete ich mein vibrierendes Handy, und mein Herz schlug rasch höher: eine holländische Nummer! Das musste der Kundendienst von booking.com sein!

»Ja?«, krächzte ich aufgeregt ins Telefon.

»Tommy?«, quäkte es freudig mit holländischem Akzent.

»Ja, genau, der bin ich, und …«

»Hier ist der Tim aus Tilburg! Spanischkurs in Barcelona ’92, kennst du mich noch?«

»Nein!«, sagte ich und legte auf. Natürlich erinnerte ich mich an Tim. Tim war ein supernetter Kerl, aber jetzt passte es einfach nicht. Es passte überhaupt gar nichts mehr, denn ich hielt es nicht mehr aus, ich musste der Sache ein Ende bereiten, und zwar jetzt! Ich würde mich beim Hotel für die schlimme Bewertung entschuldigen. Ich würde versprechen, dass ich sie löschte und durch die beste Bewertung der Welt ersetzte. Zehn Punkte!

Entschlossen schritt ich zur Rezeption und wandte mich an die Empfangsdame. Als sie sah, dass der Verfasser von »Knastartiges Kettenhotel« vor ihr stand, erschrak sie.

»Entschuldigung, was kann ich für Sie tun?«, fragte sie lächelnd.

»Ich wollte mich entschuldigen. In aller Form!«

»Wie bitte? Für was denn?«

»Wegen der Bewertung, die ich geschrieben habe …«, erklärte ich kleinlaut.

»Wir lesen keine Bewertungen hier, das macht die Guest Relations in der Zentrale«, kam es wie aus der Pistole geschossen.

»Oh! Ist das so?«

»Sie sehen doch, was hier los ist. Wenn wir jetzt noch Bewertungen lesen würden … Und dann haben wir seit heute noch einen neuen F&B-Manager und einen neuen Techniker, da ging einfach alles durcheinander, und es haben sich viele beschwert. War denn bei Ihnen alles in Ordnung?«

Ich dachte kurz nach, dann sagte ich:

»Es war alles ganz wunderbar. Ihre neuen Leute, die machen das ganz wunderbar.«

»Ehrlich gesagt: Machen sie nicht, aber vielen Dank, endlich mal ein Lob heute! Es gibt halt noch nette Gäste.«

»Ach, so bin ich einfach …«

Ich winkte ab und beobachtete, wie sich der mutmaßlich neue Techniker im Blaumann auf einer Klappleiter des übergriffigen Klimagerätes an Tisch neun annahm. Erleichtert checkte ich aus. Wünschte noch einen schönen Tag. Atmete tief durch im Lift und glitt kurz darauf bedächtig aus der vortrefflich gestalteten Tiefgarage. Die Gebühren fürs Parken bekam ich abermals erstattet.

Zwischen Bischberg und Viereth-Trunstadt gelang es mir, meine Bewertung telefonisch zu ändern. Sie lautet nun:

Tolles City-Hotel, jederzeit wieder.

Wie bereits erwähnt: Die kürzesten Texte sind am schwierigsten.

RESERVIER NIX

Wir alle wissen, wie wichtig gute Freunde in diesen schwierigen Zeiten sind. Man braucht gar nicht viele davon, ein paar echte Freundschaften reichen. Echte Freunde, das sind Menschen, bei denen man so sein kann, wie man eben ist, und sich nicht verstellen muss.

Umso tragischer ist es, wenn eine gute Freundschaft an der Unfähigkeit zerbricht, eine einfache Restaurantreservierung vorzunehmen. So wie bei den Füssels. Schade, denn die Füssels waren wirklich sehr gute Freunde. So gut sogar, dass wir jahrelang nicht bemerkt haben, dass immer wir es waren, die sich nach Restaurants umschauten und dann reservierten. Wir achten einfach nicht auf so was, aber irgendwann fällt es dann halt doch auf. Es ist wie mit dem berüchtigten Kneipenkumpel, der jahrelang mittrinkt und noch nie eine Runde bezahlt hat.

Von den liebenswerten Füssels hätten wir ein solches Verhalten allerdings wirklich nicht erwartet, doch die Kalendereinträge bewiesen es: Volker und Katrin, dieses vordergründig so nette Ehepaar, hatten in all den Jahren unserer Freundschaft noch kein einziges Mal ein Restaurant reserviert! Sogar das Brauhaus für Volkers vierzigsten Geburtstag hatten WIR ausgesucht, die Cocktailbar danach und die Table-Tänzerin (es war Chantal, eine gute Bekannte einer Freundin von mir, die mittlerweile für die EU in Brüssel arbeitet). Verstehen Sie mich bitte nicht falsch: Wir schätzen die Füssels als offenes, liebenswertes und humoriges Ehepaar sehr. So sehr, dass wir uns sogar die Namen ihrer zwei oder drei Kinder gemerkt haben, irgendwas mit B.

Freundschaft ist keine Einbahnstraße, und daher ist es wichtig, dass man sich für seine Freunde interessiert. Die in keiner Weise nachvollziehbare Marotte der Füssels, uns jedes einzelne Mal Idee und Organisation für unsere gemeinsamen Abende zu überlassen, war insofern unhöflich und musste nach gut zwanzig Jahren endlich ein Ende haben. Das war auch die Meinung meiner Frau, die mir mit ihrer Kaffeetasse gegenübersaß und mich bat, Volkers Textnachricht an uns noch einmal vorzulesen:

Ihr Lieben, hättet ihr Lust, am Samstag etwas essen zu gehen mit uns? Würde uns sehr freuen.

Die geduldigste Ehefrau von allen atmete genervt aus. Ich legte mein Handy auf unseren Holztisch und blickte sie schweigend an. So fingen die Nachrichten immer an. Seit es Handynachrichten gab.

Daher wussten wir, dass wir jetzt nicht den kleinsten Fehler machen durften. Gerade weil mein Büro an der Kölner Restaurantmeile liegt und keine Gastro-Neueröffnung an mir vorbeigeht, was die Füssels natürlich eiskalt ausnutzen würden.

Die Füssels aus Pulheim-Sinthern, einem Ort, der so nahe an Köln liegt, dass er eigentlich schon Köln ist. Um in meine Restaurantstraße zu gelangen, mussten die Füssels lediglich zur Park-and-Ride-Station nach Pulheim-Sinthern Nord fahren, sich fünf Stationen mit der S-Bahn nach Pulheim City schaukeln lassen, dort eine der zwei täglich verkehrenden Regionalbahnen nach Koblenz bis zum Kölner Hauptbahnhof nehmen, wo dann auch schon die 18 in Richtung Schwadorf auf sie wartete, die sie mit nur wenigen Zwischenstopps bis zum Kölner Neumarkt brachte, von wo aus sie in gerade mal zehn Minuten zu Fuß mitten im Leben standen. Und vor den angesagtesten Restaurants eben.

Das Argument, dass ich mich in der Kölner City besser auskannte, nur weil ich hier täglich kreuz und quer lief, konnte man also schon mal gar nicht gelten lassen.

Ich schnaubte meinen Ärger durch ein freies Nasenloch (meistens links), griff zum Handy und las noch einmal:

Ihr Lieben, hättet ihr Lust, am Samstag etwas essen zu gehen mit uns? Würde uns sehr freuen.

Was für eine Frechheit! Das war keine nette Frage, das war eine als nette Frage verkleidete fiese Falle. Denn natürlich war es völlig klar, dass die Füssels mal wieder keinen Plan hatten, in welches Restaurant wir gehen sollten, und faultierhaft auf einen Vorschlag von uns warteten. Nun, warum auch nicht, es hatte ja immer geklappt, so doof, wie wir waren. Doch dieses Mal eben nicht. Meine in taktischen Angelegenheiten oft sehr geschickte Frau und ich diskutierten kurz. Dann tippte ich ihren Vorschlag in mein Handy:

Hey, schöne Idee. Samstag passt super. Habt ihr schon eine Idee, wohin?

Haha! Wir klatschten uns ab und lachten. Kurz darauf fühlte ich mich dennoch mies. Ich war ja eh auf dem Weg in mein Citybüro und konnte ohne großen Aufwand mal eben hier oder dort reinspringen und nach einem Tisch für Samstag fragen. Das schlug ich meiner Frau vor.

»Ja eben nicht!«, ermahnte sie mich, »du hast einen Job, und in Pulheim haben sie auch Internet. Am Ende kümmerst du dich den ganzen Vormittag drum, und am Abend bist du wieder schlecht gelaunt, weil du nichts geschrieben hast, und trinkst mir meinen Wein weg.«

»Mit schlechtem Gewissen kann ich aber auch nicht schreiben.«

»Du nimmst dir das viel zu sehr zu Herzen«, tröstete sie mich, »und vor allem bist du kein schlechter Mensch, nur weil du die Füssels EINMAL in zwei Jahrzehnten fragst, ob sie vielleicht auch mal eine Idee für ein Restaurant haben.«

Da hatte sie recht. Und dennoch kommt es in einer wahrhaftigen und gleichberechtigten Freundschaft eben darauf an, dass beide Seiten geben und nehmen. Man musste ja nicht gleich alles aufrechnen, aber wenn seit zwanzig Jahren immer wir diejenigen waren, die das Restaurant reservierten, dann konnte man schon von einer gewissen Disbalance sprechen. Und von mangelndem Respekt. Verachtung. Womöglich sogar von blankem Hass. Ich spürte, wie die Wut in mir hochkroch.

»Meinst du, sie nutzen uns aus?«, fragte ich leise, doch meine Frau konnte mir nicht mehr antworten, sie war bereits ins Büro gefahren, um an ihrer Netflix-Serie zu arbeiten. Also packte ich meine Sachen ebenfalls. Diese kleine Reservierungssache durfte mir nicht meinen ganzen Tag zerhacken, ich würde an meinem Roman arbeiten und mich dann am Abend kurz drum kümmern, immerhin hatten wir erst Mittwoch.

Als ich mein Handyticket für die Straßenbahn löste, sah ich, dass Volker schon geantwortet hatte:

Sehr gut. Wir freuen uns. Katrin fände asiatisch am besten.

Wie bitte? Ich scrollte zurück zur strategischen Glanzleistung meiner Frau:

> Hey, schöne Idee. Samstag passt super. Habt ihr schon eine Idee, wohin?

> Sehr gut. Wir freuen uns. Katrin fände asiatisch am besten.

Ich war so verärgert, dass ich bis zur Haltestelle Rudolfplatz die Luft anhielt, was eine Haltestelle später war, als ich normalerweise aussteige. Hatte Volker meine Nachricht denn überhaupt gelesen? Verhöhnte er mich? Was bitte war denn so kryptisch an *Samstag passt super. Habt ihr schon eine Idee, wohin?*, dass man die Frage eines guten Freundes einfach so ignorierte und mich stattdessen schon mal darüber informierte, was die feine Frau Gemahlin am liebsten zu sich nähme!?

Katrin fände also asiatisch am besten. Ich blickte auf und sah, dass ich vor Aufregung inzwischen an meinem Büro vorbeigelaufen war und nun direkt vor dem asiatischen Restaurant Hanoi September stand. Also wirklich direkt davor. Ich hätte nur reingehen müssen und nach einem Tisch fragen, aber warum sollte ich das tun, nach all dem, was vorgefallen war? Volker hatte das neueste iPhone, arbeitete in der IT und hatte 1898 Kontakte bei LinkedIn. Wenn er oder seine Frau also so gern etwas Asiatisches essen wollten am Samstag, warum klickte er sich dann nicht zu Open Table, The Fork oder was weiß ich zu wem und reservierte einen verdammten Tisch?

Sehr gut. Wir freuen uns. Katrin fände asiatisch am besten.

Und erst jetzt bemerkte ich, dass Volker uns nicht mal gefragt hatte, was WIR gerne essen würden; er schrieb lediglich, dass Katrin asiatisch am besten fände. Als gäbe es auf der ganzen Welt nur seine Frau und ihn! War das noch eine affektive Störung oder schon postpandemischer Paar-Narzissmus? Nach uns die Sintflut, Hauptsache, Netflix läuft und meine Frau kriegt Misosuppe? Korrigieren Sie mich, wenn ich übertreibe, aber wissen Sie, wer solche Ansprüche stellen darf? Die Agentin eines Hollywoodstars, wenn der Hollywoodstar einen einzigen Abend in Köln verbringt und nach dem Dreh gerne etwas essen gehen möchte: *Sandra Bullock fände libanesisch am besten. Penélope Cruz fände mexikanisch am besten.* Oder: *Emma Watson fände Himmel und Ääd am besten.* Aber NICHT Katrin Füssel! Also echt, die spinnen ja in Pulheim. Was denken sie überhaupt, wo sie wohnen?

Inzwischen hatte eine nette Bedienung des Hanoi September mich bemerkt und gefragt, ob sie mir helfen könne und ob es mir gut gehe, ich hätte da so rote Flecken am Hals.

Ich antwortete, es gehe mir gut und die roten Flecken seien Couperose von der Sonne, aber die Uniklinik habe da einen Laser, mit dem sie das wegbekämen, und ich würde bald einen Termin machen. Davon abgesehen könne sie mir nicht helfen, schon gar nicht mit einem schönen Tisch für vier Personen am Samstagabend um 19 Uhr. In den Pupillen der Bedienung rotierten zwei Farbräder, wie beim Absturz meines Macs. Erfahrungsgemäß konnte ich nun entweder kurz warten oder einen Neustart erzwingen. Ich wartete, und nach wenigen Sekunden war die Bedienung wieder sprechbereit.

»Am Samstagabend hätten wir aber noch was frei …«

»Ja, so weit kommt's noch!«, schimpfte ich und ging sauer ab.

Das war kein schnödes Dinner, das war ein Stellvertreterkrieg zwischen Köln und Pulheim. Und diesen Krieg galt es zu gewinnen, schließlich waren die Füssels der Aggressor und nicht wir. Klar, ich hätte eben einfach »Ja!« sagen können, und wir hätten einen Tisch im Hanoi September gehabt, asiatisch für Katrin und vermutlich einen schönen Abend. Aber wie hätte ich vor meiner Frau dagestanden und vor mir selbst? Wie wäre es all die Jahre danach? Unser Tisch-Problem wäre ja nur vertagt statt gelöst, und wir haben auch unseren Stolz!

Ich ging ins Büro, klickte mich zu bauhaus.info und bestellte eine Gartenschlauchtrommel zur Wandmontage samt Schlauch und automatischer Aufrollung für den Fall, dass wir irgendwann mal einen Garten hätten. Dann antwortete ich Volker mit einer komplett neuen Taktik:

Asiatisch ist top! Nur halt wo? Ni Hao, Krua Thai, Bonjour Saigon, Warung Bayu, út Hân, Yen Sushi oder YouYou Noodle House?

Ich lachte in mich hinein, doch nur kurz, denn Volkers Antwort ließ nicht lange auf sich warten.

Perfekt!

Wie? Perfekt? Was war perfekt? Wollte er in alle Restaurants oder mich auf die Palme bringen?

Ich rettete mich und meinen Kreislauf mit einem langen Spaziergang durch den Stadtwald, wo die vormals hölzernen Tretboote nun Plastikeinhörner waren, so dass man beim Fahren nur noch auf einen dicken pinken Hals schaute statt auf den schönen Park, aber bitte, es war ja nicht mein Tretbootverleih. Ich drückte einen Anruf meiner Lektorin weg, mietete ein Einhorntretboot und analysierte die bisherige Kommunikation so nüchtern, wie es mir möglich war.

Kurz vor Einsetzen der Dämmerung kamen das Einhorn und ich zu dem Schluss, dass Volker mich nicht verhöhnte, sondern er meine Nachrichten einfach nicht richtig las. Vermutlich litt er unter einer gewöhnlichen WhatsApp-Aufmerksamkeitsdefizit-Störung (WADS). Während ich mir einen kompletten Arbeitstag ans Bein schmierte, damit die gute Frau Füssel am Wochenende lecker asiatisch essen konnte, schnodderte Herr Füssel zwischen sieben Videocalls einfach ein paar diffuse Wortfetzen in sein Handy in der Hoffnung, die Kölner Clowns würden sie schon irgendwie zusammensetzen und einen Abend draus basteln.

Aber gut. Wie ihr wollt. Take this, Pulheim! Don't mess with Downtown Köln! Der Pulheimer Dinner-Narzisst und seine asiaphile Hollywooddiva mussten endlich mal Konsequenzen für ihr scheinheiliges Herumgeschreibsel erleben. Daher stellte ich die klarste Frage der Welt:

Asiatisch ist top! Nur halt WO? Ni Hao, Krua Thai,
Bonjour Saigon, Warung Bayu, út Hân, Yen Sushi
oder YouYou Noodle House?
19 Uhr okay für euch?
Gib Bescheid.

Erleichtert klickte ich auf »Senden«. Spätestens jetzt würde ja wohl der Groschen fallen.

Der Groschen fiel nicht. Stattdessen bekam ich die Nachricht, dass meine Regenschlauchtrommel versandt worden war, und folgende WhatsApp von Volker:

Passt. Dann bis Samstag. Freuen uns!

What.The.Fuck. Wollten die mich in die Klapse tippsen? Frustriert lehnte ich mich an den Hals meines Einhorns.

19 Uhr passt. Dann bis Samstag. Freuen uns!

Ja, 19 Uhr passt, aber WOOOOOO passte es? Im Ni Hao Krua Thai Bonjour Saigon Warung Bayu út Hân Yen Sushi YouYou Noodle House? Dachten diese feisten Speckgürtler ernsthaft, das *Ni Hao, Krua Thai, Bonjour Saigon, Warung Bayu, út Hân, Yen Sushi ODER YouYou Noodle House* wäre ein einziges Restaurant?

Die wichtigste Frage für mein Seelenheil war: Konnte ich die Situation jetzt so bis Samstag gechillt stehen lassen? Vermutlich nicht, meinten das Einhorn und mein Mental-Coach, den ich telefonisch erreichte. Viel wahrscheinlicher war, dass ich wahnsinnig wurde und mein komplettes Monatsbudget für kognitive Verhaltenstherapie bei Dr. Hutschnur draufging. Ebenso wahrscheinlich war es, dass es bei mir bis zum Samstagabend im Kopf rattern, gewittern und knistern würde und bei Volker nicht. Weil der nämlich den ganzen Tag arbeitete und bestenfalls am Samstagabend um kurz nach 19 Uhr ein entspanntes *Seid ihr schon da?* in sein Handy drücken würde bei einem Kölsch in der falschen Kneipe. Und das wäre es dann mit meiner Arbeitswoche. Mit dem Roman. Meiner Karriere …

Ich reagierte noch auf dem Heimweg. Direkt neben meiner Bahnhaltestelle hatte nämlich ein glutenfreies, veganes Restaurant aufgemacht. Mit gruseligen Gerichten, grellem Geleuchte und grauenhaften Gästen. Und Volker liebt Fleisch!

Ich reservierte vier Plätze für den Samstagabend direkt am zugigen Eingang und schickte den Link vom Vegan Vietshaus sofort nach Pulheim. Als meine Bahn anfuhr, war ich so gut gelaunt, dass mich sogar die Fahrerin anlächelte.

Ich war mir sicher: Noch vor dem nächsten Halt würde mein Handy vibrieren, und Volker würde mich fragen, ob wir unbedingt in ein fleischfreies Restaurant gehen müssten. Ich täuschte mich. Nichts vibrierte. Und als ich ausstieg, um die Bahn in die richtige Richtung zu nehmen, da umnebelte mich eine fürchterliche Vorahnung. Und diese Vorahnung sollte sogar noch übertroffen werden.

Die Füssels und wir verbrachten den kompletten Samstagabend im zugigen Eingangsbereich des Vegan Vietshaus. Unsere Pulheimer waren nämlich noch immer sehr virophob und liebten daher nichts mehr als frische, trockene Zugluft. Zudem hatten sie ihre Ernährung umgestellt und waren geradezu begeistert von der zerkräuterten Fleischfrei-Pampe. Und während die geduldigste Ehefrau von allen und ich unsere gar nicht mal so knusprigen Fake-Enten durch ihr Portulak-Spinat-Beet schubsten, erstrahlte die Freundschaft zu den Füssels in ganz neuem Glanz. So viel Häme hätten sie sich anhören müssen wegen ihrer Ernährungsumstellung, und dann kämen ausgerechnet wir, die kinderlosen Kölner Kauze, und umarmten sie geradezu mit unserer Rücksicht auf ihre Ängste und einem so herausragenden fleischfreien Restaurant. Und asiatisch sei es auch noch! Katrin liebe asiatisch.

Wir begossen unsere Freundschaft mit mehreren Flaschen vegan gekeltertem, alkoholfreiem Rotwein von den Golanhöhen. Zum Abschied herzten wir uns und versprachen einander, nicht mehr so viel Zeit verrinnen zu lassen bis zum Wiedersehen. Am besten wieder hier im Vietshaus. Aber natürlich könnten wir auch gerne was anderes reservieren.

ES GEHT MIR GUT

Gestern geschah etwas Merkwürdiges: Die Firma Apple rief mich an und erkundigte sich, wie es mir gehe und ob alles funktioniere.

Da mich noch nie eine Firma angerufen hatte, um mich zu fragen, wie es mir gehe und ob alles funktioniere, antwortete ich, dass es mir gut gehe und alles funktioniere. Das erfreute den Mitarbeiter hörbar. Sollte doch mal etwas sein, könne ich mich natürlich jederzeit melden. Dann wünschte er mir, dass ich gesund bliebe, und legte auf.

Verdutzt steckte ich mein iPhone in die Hosentasche und starrte auf den Baum, von dem ich nun wirklich mal wissen wollte, wie er hieß. Wenn noch was sein sollte, könne ich mich jederzeit melden … Was sollte denn sein und vor allem mit wem? Mit den von mir genutzten Apple-Produkten oder mit mir? Wusste Apple vielleicht schon irgendwas, von dem ich noch nichts wusste? Hatte ich zu wenig Tiefschlaf, einen unregelmäßigen Herzschlag oder gar Atemaussetzer? Hatte ich eine ungünstige Blutgruppe für die nächste Pandemie?

Bei einem Beruhigungstee klickte ich mich durch

die Gesundheits-App meines iPhones. Und tatsächlich – einige meiner Gesundheitswerte stachen heraus: So hatte ich bis zum Mittagessen lediglich 137 Schritte gemacht, und der Kopfhörergeräuschpegel lag zwei Prozent über dem Sieben-Tage-Limit der EU. Und natürlich: Blutgruppe A+! Erst neulich hatte ich gelesen, dass Menschen mit dieser Blutgruppe bei der kleinsten Infektion wegsterben wie Fruchtfliegen in einem Rumtopf. Das war es: Ich war dem Tode geweiht, und Apple wusste es! Vermutlich würde ich heute schon jämmerlich krepieren.

Mir wurde so schwindlig, dass ich beim Rauchen meine Beine hochlegen musste. Dann rief ich meine Frau an und verkündete ihr via Mailbox, dass ich in großer Sorge um meine Gesundheit sei und zu meinem Hausarzt fahren würde, wenn sie nicht binnen fünf Zigaretten zurückrufen würde.

Kurz darauf vibrierte mein Handy. Meine Frau fragte höchst erstaunt, warum ich wieder rauchte. Ich antwortete, dass dies an ihrem achtlos liegen gelassenen Zigarettenetui liege, und erzählte von Apple. Sie lachte und meinte, dass mir Apple einfach nur etwas verkaufen wolle.

»Das ist es ja«, jammerte ich, »das wollten sie gar nicht! Kein Ton davon!«

Meine Frau riet mir, die Sache abzuhaken. Lieber sollte ich an meinem Roman arbeiten, wie ich das ja noch beim Frühstück vorgehabt hatte.

Ich gab ihr vollumfänglich recht, schnappte mir

mein einwandfrei funktionierendes MacBook und googelte: *Warum fragen Firmen, wie es einem geht?*

Ich erhielt 678 Ergebnisse. Das einzige, das meine Frage zumindest ansatzweise beantwortete, war *Die Firmung, darum geht es!* auf der graphisch recht herausgeforderten Website katholisch.de. Mit dem schönen Foto von einer Firmung in Gent, Belgien, fror mein Bildschirm ein. Also doch!

Das MacBook mit der Firmung auf dem Bildschirm stellte ich zu unseren anderen Fotos und entschied mich, meinen Blutdruck zu messen: 152 zu 131. Sofort rief ich meinen Hausarzt an. Dieser riet mir, einen kurzen entspannenden Spaziergang zu machen und ihn nächste Woche aufzusuchen.

Ich beschuldigte ihn der unterlassenen Hilfeleistung und gab ihm die volle Verantwortung, sollte ich während des Spaziergangs ableben. Da mache sich ja Apple mehr Sorgen um mich. Leider absolvierte ich meinen Spaziergang ohne jegliche Vorkommnisse, so dass er recht behielt, was mich sehr verärgerte.

Als ich am Abend nach Hause kam, erhielt ich beruhigende Nachrichten von meiner Frau. Sie hatte sich wegen meines Anrufs bei einer Kollegin erkundigt und erfahren, dass es ganz normal sei, wenn Firmen ihre Kunden anriefen. Man nenne dies Kundenbetreuung oder auf Deutsch: After Sales. Das ergab Sinn. Ich schlief gut in dieser Nacht und hatte nur einen einzigen Albtraum mit leicht manipulierbaren Monstern und wenig Blut, und als ich von einem Hochhaus ins Bodenlose stürzte, da konnte ich mich an einer Regenbogenflagge festhalten.

Am nächsten Vormittag war mein Blutdruck wieder normal, und ich schaffte es sogar ins Büro, wo ich den Ordner »Ideen wirklich neu« auf dem iMac öffnete. Vermutlich hatte meine Frau recht, und ich hatte mich da wieder in eine Sache reingesteigert, die es nicht wert war. Gerade hatte ich die sensationelle Idee »Was mit Monstern« in meinen Rechner getippt, als mein Handy vibrierte. Es war eine rheinische Vorwahl. Ich hielt die Luft an, klickte auf die grüne Taste, und das Rätsel löste sich: Die Firma Vorwerk war in der Leitung, und eine nette Dame fragte, wie es mir gehe und ob alles funktioniere.

Ich stammelte, dass es mir den Umständen entsprechend gut gehe und dass ich gar keinen Saugroboter mehr hätte, weil der meiner Mutter nach dem Leben trachte. Die Vorwerkerin bedauerte dies, wünschte mir aber, dass wenigstens ich gesund bliebe. Ich erwiderte ihren Wunsch, legte auf und klickte auf die App meines ehemaligen Saugroboters. Da war er, der erste und letzte Reinigungsbericht des Bachelors. Dass der Roboter einen Grundriss meines Büros anfertigte und diesen dem BND, der CIA und dem WDR zur Verfügung stellte, war mir klar, aber ein Detail hatte ich übersehen: Die zu reinigende

Bürofläche war viel kleiner als die in meinem Mietvertrag angegebene. Die Sache war klar: Der Wuppertaler Saug-Algorithmus deutete die vielen Kartons, Tüten und das Leergut auf meinem Laminat dergestalt, dass ich mich von einem selbstbewussten Bestsellerautor zu einem kaufsüchtigen Säufer und Messie entwickelt hatte. Die Saug-App war auf meinem iPhone und der Mietvertrag in der iCloud, also wusste dies auch Apple. Das Bild rundete sich.

Ich googelte *Vermüllungssyndrom*, *Kaufsucht* und *Alkoholmissbrauch* und erhielt mehrere Adressen von Kliniken, wo man mir helfen würde, die dunklen Löcher in meiner Seele nicht mit sinnlosen Onlinekäufen und französisch gekeltertem Wein zu stopfen. Ich entschied mich für die Tagesklinik am Friesenplatz. Sie war gut bewertet und keine zehn Minuten zu Fuß entfernt. Also könnte ich tagsüber wie immer so tun, als würde ich arbeiten, und am Abend wie immer ohne ein geschriebenes Wort nach Hause gehen. Meine Frau würde nichts bemerken.

Und wieder vibrierte mein Handy mit der Nummer meines Autohauses. Nervös hob ich ab.

»Was wollen Sie?«

»Wir wollten Ihnen Bescheid geben, dass wir ab sofort Ihre Winterräder montieren können.«

»Warum?«

»Weil es Winter wird.«

Ich atmete flach und schnell. Dann sagte ich:

»Hören Sie mir genau zu jetzt, bitte: Es geht mir gut, und das Auto funktioniert!«

Mein Autohaus schien mir nicht zu glauben.

»Okay … Geht es Ihnen wirklich gut?«

»Nein!«

Ich legte auf und drückte den Finger dabei so fest auf das rote Hörersymbol, dass er auf der anderen Seite des Handys wieder rauskam. Dann nahm ich die Notfalltablette, die mir Dr. Hutschnur für den Fall der Fälle mitgegeben hatte, und rekapitulierte die gegen meine Person gerichtete Verschwörung: Mein Auto hatte eine SIM-Karte und somit Internetanbindung. Eine fahrende Datenschleuder also. Vermutlich ging das Analyseprofil in Richtung depressiver Einzelgänger mit psychomotorischen Störungen. Kurz: Die Anrufe von Apple, Vorwerk und BMW waren nur billige Vorwände. In Wahrheit wollte mich eine höhere Macht entmündigen, enteignen und einweisen! Gaby Scheller! Weil mein letzter Roman sie nicht genügend erheitert hatte.

Ich war froh, dass meine Notfalltablette endlich zu wirken begann. Ein wohliger Kuschelklang schwappte durch mein Büro, vielleicht mein Handy, vielleicht die Klingel, vielleicht aber auch ein frohlockender Minnesänger auf der Durchreise. Ich legte mich in Embryohaltung auf meinen Schreibtisch und schrieb eine Mail an alle.

Sehr geehrte Dameun herr* Innen,

dank ffür Ihre Nachfrage. Es vgeht mir gut und alles funktioniertg.

Mit freundlichn Grüßén
Tomi Haud

Dann verlor ich das Bewusstsein.

In den folgenden Tagen bekam ich Tausende von Anrufen, Sprachnachrichten und Mails. Zum Glück musste ich sie nicht lesen, denn das ist in der Klinik verboten. Dafür gab man mir lustige Tabletten, die meinen Geist schön fluffig werden ließen, wattig und heimelig.

Meine liebe Frau kam zu Besuch. Sie weinte, als sie mich sah, streichelte mich und lockerte meine Fixierung. Zum Abschied umarmte sie mich. Meine Lektorin kam auch, sie weinte nur. Auch der Bestatter meines Vaters kam an mein Bett. Er fragte mich nach meinen besten Freunden, meinem Lieblingslied und ob ich irgendeine Präferenz bezüglich der Urne hätte. Hierzu zeigte er mir verschiedene Fotos. Beim Modell 1. FC Köln nickte ich schwach.

»Gute Wahl, mein Lieber. Weil mit der Gladbach-Urne fährst du direkt in die Hölle!«

Ich versuchte zu lächeln und signalisierte ihm mit meinen Blicken, dass ich noch etwas Wichtiges sagen wollte. Es war das Einzige, was den verschwörerischen Fluch aufheben und mich heilen würde. Vorsichtig führte er sein Ohr zu meinem Mund. Mit letzter Kraft hauchte ich:

»Sag Gaby Scheller, bald kommt was wirklich Lustiges von mir …«

SCHATZ BEISEITE

Was die Einkommenssteuer angeht, so gibt es für freiberufliche Autoren eigentlich nur zwei Regeln:

1. *Auch wenn es dir unbegreiflich erscheint: Ein Teil der Honorare gehört nicht dir.*
2. *Auch du wirst irgendwann mal eine Steuerprüfung bekommen.*

Und so war es dann auch. Da ich das Geld für unseren von mir durchaus geschätzten Staat stets auf einem separaten Konto zurücklege und in Steuerfragen sehr korrekt agiere, sah ich der anstehenden Prüfung mit einer gewissen Gelassenheit entgegen. Ich hatte nichts zu verbergen, was also sollte passieren?

Eine Menge, meinte meine emsige Steuerberaterin und riet zur Vorsicht: »Das solltest du nicht auf die leichte Schulter nehmen, die stellen gerne auch mal eine Falle.«

Ich entgegnete, dass ich in meinem Leben, abgesehen vom Sky-Abo, dem Frauenparkplatz und meinem Saugroboter, noch nie in eine Falle getappt sei, dies auch nicht vorhätte und mögliche Fragen der Finanzbehörden gern persönlich und direkt beantworten würde.

»Das«, so meine Steuerberaterin, »solltest du auf keinen Fall tun!«

Ich dachte kurz nach und lobte sie für ihre Weitsicht; schließlich war die Steuer ihr Fachgebiet und meines nur das Schreiben.

Schon eine Woche danach poppte eine Mail der Finanzbehörden in meinem Eingangsordner auf. Es war der erwartete mehrseitige Fragenkatalog auf Basis der dem Finanzamt übermittelten Unterlagen, unterzeichnet von einem Herrn Füllhorn. Unter anderem ging es um meine Reisen, einige Bewirtungskosten und meinen viel zu kleinen SUV. Ich las mir die höflich formulierten Fragen aufmerksam durch und begann sofort damit, eine nach der anderen zu beantworten. Das fiel mir nicht nur leicht, ich geriet in einen regelrechten Schreibrausch. Wann hatte ich als Roman- und Filmautor schon mal eine Aufgabe, die ich an einem einzigen Tag erledigen konnte? Zudem waren die Fragen meines Erachtens völlig berechtigt und nachvollziehbar, schließlich prüfte so ein Prüfer ja eine Unzahl an Berufen, und man konnte nicht erwarten, dass er Menschen verstand, die ihr Geld damit verdienten, andere zu unterhalten und zum Lachen zu bringen, statt sie mit spitzem Bleistift um ihr sauer Erworbenes zu bringen.

Ich zahlte Steuern eigentlich immer gern, auch wenn ich durch meine Bücher ja schon sehr viel für das Gemeinwohl geleistet hatte. Dies sah Herr Füllhorn anders.

Dass der eben benannte Beamte den Bewirtungsgrund »Hunger und Durst« nicht akzeptieren wollte, sah ich ihm gerne nach. Dass er die 18 in Hollywoods Nobelhotel Chateau Marmont am Sunset Boulevard verzehrten Margaritas als rein geschäftliche Betriebsausgabe anzweifelte, verärgerte mich hingegen. Herr Füllhorn gab hierzu nicht einmal eine Begründung ab. Ich schäumte. Was dachte er sich denn? Dass ich für teuer Geld nach L.A. flog, mich an einem der teuersten Spots in Hollywood mit einem wildfremden Idioten besoff und dann sternhageldicht irgendeinen hanebüchenen Besprechungsgrund auf die Rechnung kritzelte?

Offenbar. Denn selbst ich konnte auf dem beigefügten Scan weder Anlass der Besprechung noch die teilnehmenden Personen entziffern. Irgendwas mit »Schutz« und »Seite«. Herr Füllhorn half mir mit Frage 7.1.4 auf die Sprünge: *Bitte erläutern Sie das am 21.3.18 im Chateau Marmont mit Wolfram Berndt besprochene Projekt »Schatz beiseite«. Wurden Erlöse erzielt?*

»Schatz beiseite«? Natürlich! Von einem solchen Projekt hatte ich in meinem Leben noch nicht gehört. Was sollte das überhaupt sein? Ein Wortspiel mit »Scherz beiseite«? So wie »Jetzt ist aber Schuss«?

Immerhin: Wolfram Berndt kannte ich, er ist ein guter Freund von mir und Filmproduzent noch dazu. Um die Sache direkt zu klären, rief ich bei Wolfram in Los Angeles an und fragte ihn, ob er von dem Projekt wisse. Er wirkte ein wenig verschlafen, schien sich aber zu freuen, dass ich mich mal wieder meldete. An den Margarita-Abend konnte er sich erinnern und dass wir mit einer Dollarmünze um den hohen Bewirtungsbeleg gespielt hätten und ich gewonnen hätte.

»Aber lass andermal reden, bitte, wir haben erst vier Uhr hier …«

»Nein, Wolfi, es ist wichtig, ich habe eine Steuerprüfung und will das ehrlich beantworten!«

»Okay … Du hast im Suff irgendeinen Schwachsinnsgrund aufgeschrieben und ihn dann vergessen!«

»DAS traust du mir zu?«

»Ja. Kann ich jetzt weiterschlafen?«

»Ja. Aber enttäuscht bin ich trotzdem, dass du mich so siehst! Sehr enttäuscht!«

Kraftlos ließ ich mein Handy auf die Prüfungsunterlagen gleiten. Glaubten jetzt sogar meine Freunde, ich sei ein Steuerbetrüger? Und musste ich mir das ausgerechnet von einem Teilzeitoligarchen sagen lassen, der seine Millionen ein paar schäbigen Hollywood-Blockbustern zu verdanken hatte und jetzt nur noch Drehbücher am Pool las? Während ich mich jeden Morgen, teilweise noch vor dem Mittagessen und für eine einzige Zeile meines Romans, durch die grauenhafte Kölner Innenstadt in mein Büro schleppte? Angefressen durchsuchte ich meinen sorgsam strukturierten Kreativordner nach »Schatz beiseite«. Das Projekt war nirgendwo zu finden: auf meinem Rechner nicht, in der Cloud nicht, lediglich in der Shop-Apotheke gab es mit dem »Geschenkset Schätze der Natur« etwas Ähnliches.

Die zeitweilige Unauffindbarkeit meines Hollywoodprojekts war natürlich noch lange kein Beweis dafür, dass ich »Schatz beiseite« im Suff erfunden hatte. Wenn man mal kurz nicht weiß, wo man sein Handy hingelegt hat, heißt das ja auch nicht, dass man nie eines hatte. Wo war meines eigentlich? Ah. Unter den Steuerunterlagen.

Verunsichert war ich trotzdem.

Ein kurzer Anruf bei meinem Steuerbüro ergab, dass der Prüfer den Bewirtungsbeleg selbst gar nicht anzweifelte, sondern einfach nur eine grobe Beschreibung des Besprechungsgrundes erwartete, um sicherzustellen, dass es das Projekt auch wirklich gab und der Abend nicht privater Natur gewesen war. Das war völlig verständlich. Viel Lärm um nichts also. Zudem waren Nachfragen dieser Art natürlich das gute Recht der Finanzbehörden. Wo kämen wir denn da hin, wenn jeder freiberufliche Hinz und Kunz seine Feriendrinks absetzt, während Beamte, Angestellte und Kleinkinder jeden einzelnen Cent aus eigener Tasche bezahlen müssen?

Es ging immerhin um Steuergelder, und ich würde

mich schämen, wenn plötzlich ausgerechnet der Anteil aus meinen Einkünften fehlte zur Realisierung von so wichtigen Kölner Projekten wie der Umkehrung der Einbahnstraßenrichtung in der Gertrudenstraße zwischen Willy-Millowitsch-Platz und Wolfsstraße, der gendergerechten Umsetzung des siebten Radfahrenden-Quiz und dem nun endlich auch in einfachem Deutsch abrufbaren Antrag zum Aufstellen von Blumenkübeln auf öffentlichen Gehwegflächen. Ja, Sie lachen, andere finden es komisch. Es kostet trotzdem alles Geld. Aber eben bitte nicht meines.

Das hieß für mich: Wenn ich so einen Unsinn nicht mitfinanzieren wollte und »Schatz beiseite« nicht mehr aufzufinden war, dann musste ich dieses Projekt eben erfinden. Immerhin war ich seit über zwanzig Jahren Autor. Es dauerte keine zehn Minuten, da mailte ich dem Finanzamt Köln-West:

Sehr geehrter Herr Füllhorn,

gern beschreibe ich Ihnen das am 21.3.18 im Chateau Marmont mit Wolfram Berndt besprochene Projekt »Schatz beiseite«. Hierbei handelt es sich um einen Film, in dem die attraktive Ehefrau eines vermögenden Filmproduzenten erfährt, dass dieser sie seit Jahren mit dem mexikanischen Gärtner betrügt. In ihrer Wut über die Affäre und die verheim-

lichte Bisexualität ihres Mannes schmiedet sie gemeinsam mit dem Gärtner einen ausgeklügelten Plan, ihren Ehemann zu ermorden, so dass sie den Rest ihres Lebens mit ihrer großen Liebe in der geerbten Strandvilla verbringen kann. Doch der Plan misslingt.
Erlöse wurden nicht erzielt. Ich hoffe, Ihnen mit meinen Ausführungen geholfen zu haben. Bei Fragen erreichen Sie mich jederzeit per Mail.

Mit freundlichen Grüßen
Tommy Jaud

Bäng! Also wenn das kein »Schatz beiseite« war, dann wusste ich auch nicht mehr. Für Herrn Füllhorn von den Finanzbehörden NRW sollte es allemal reichen. Noch am selben Tag schickte ich den Fragenkatalog samt meinem aus dem Ärmel geschüttelten Hollywood-Blockbuster raus. Ich war zufrieden. Wenige Tage später bekam ich eine Mail von meinem Prüfer.

Sehr geehrter Herr Jaud,

die von Ihnen eingereichte Beschreibung des Projekts »Schatz beiseite« führt zu folgendem Klärungsbedarf: Warum sollte die betrogene Ehefrau ausgerechnet mit dem offenkundig homosexuellen Liebhaber ihres Mannes gemeinsame Sache machen? Bitte skizzieren Sie auch den »ausgeklügelten Plan« der beiden Hauptfiguren und grenzen Sie das Genre ein (Sie schrieben lediglich, dass es sich um einen Film handelt). Hatten Sie denn die Absicht, Erlöse zu erzielen?

Mit freundlichen Grüßen
Füllhorn
Finanzbehörden NRW

Erlöse? Was? Nein, natürlich wollte ich keine Erlöse erzielen, sondern mich im Kreis promigaffender Touristen besinnungslos saufen und meinen Rausch von der Steuer absetzen. Ja, und selbst wenn es so wäre? Dann schaut doch einfach mal, welche Unmengen an Steuern ich schon bezahlt habe! Damit kann die Stadt Köln Hunderte von Einbahnstraßen umdrehen, die FC-Hymne gendern oder eintausend Blumenkübel auf unsere Oberbürgermeisterin stellen.

Ich war sauer. So sauer, dass ich meine Steuerberaterin anrief und sie fragte, ob so ein Schreiben normal war.

Sie sagte mir, dass sie mich gewarnt habe und dass ich die Fragen nun eben beantworten müsse. Allerdings habe sie sich auch gewundert, warum die betrogene Ehefrau ausgerechnet mit dem homosexuellen Gärtner Pläne schmiede. Nicht mal ihr schwuler Kollege habe das verstanden.

Ich legte einfach auf. Danke für die Hilfe. Obwohl sie in der Ehefrau-Gärtner-Sache recht haben konnte, das war eventuell noch eine kleine Schwachstelle. Eine Sache, die ich noch heute klären konnte, wenn ich die Besprechung mit meinem Verlag absagte. Meine Lektorin bekundete Verständnis. Am frühen Abend dann schickte ich meine nächste Mail an das Finanzamt.

Sehr geehrter Herr Füllhorn,

sehr gern beantworte ich Ihre Fragen zu Genre und Handlung bzgl. meines am 21.3.18 im Chateau Marmont mit Wolfram Berndt besprochenen Projekts »Schatz beiseite«. Hierbei handelt es sich um eine schwarzhumorige Krimikomödie, mit der wir Erlöse erzielen wollten. Ihre Frage bzgl. der Motivation der betrogenen Ehefrau, ihren Mann ausgerechnet mit dessen Geliebten zu ermorden, lässt sich leicht beantworten: Der Gärtner ist nicht homo-, sondern bisexuell, und sie hatte ebenfalls ein Verhältnis mit ihm (Diversity-Aspekte). Zum Mordplan selbst: Der Filmproduzent stirbt durch einen Starkstromschlag an einem manipulierten Riesenblumenkübel (für den eine Aufstellerlaubnis von Malibu City vorliegt, die ich gern nachreiche).
Ich hoffe, Ihnen mit meinen Ausführungen

geholfen zu haben. Wenn Sie Interesse haben: Es gibt eine erste Drehbuchfassung, die ich Ihnen gerne zusende.

Mit freundlichen Grüßen
Tommy Jaud

Das mit dem Drehbuch war der alte Du-glaubst-nicht-dass-ich-beschnitten-bin-Trick:

»Soll ich zeigen?«

»Um Himmels willen, nein! Ich glaub's dir auch so.«

Was sollte ein Zahlenmensch schon mit einem Drehbuch? Figuren, Handlungsstränge und Schauplätze dahingehend prüfen, ob sie Erlöse erzielen wollten?

Ich schlief dennoch schlecht an diesem Wochenende und war auch sonst mies drauf. Meine Frau sagte schon gar nichts mehr dazu, sie wusste ja, es war immer so, wenn ich an einem Roman arbeitete und nicht weiterkam. Ich dankte ihr für ihr Verständnis und revanchierte mich, indem ich zehn Dinge in die Spülmaschine räumte und »Bridgerton« mitschaute.

Bereits am Montagmorgen antwortete mir Herr Füllhorn:

Sehr geehrter Herr Jaud,

zunächst danke, dass Sie sich so viel Zeit für meine Fragen nehmen. Gern schaue ich in einem letzten Schritt auch kurz ins Drehbuch. Können Sie mir dieses heute noch zukommen lassen? Schicken Sie es bitte als Word-95-Datei, wir sind hier im Finanzamt technisch leider nicht auf dem neuesten Stand.

Mit freundlichen Grüßen
Füllhorn
Finanzbehörden NRW

Ich stand auf, machte mir einen dreifachen Beruhigungstee und dachte kurz daran, wieder mit dem Rauchen anzufangen. Armselig wäre das mit dem Rauchen. Wegen des Finanzamts. Niemals!

Stattdessen schrieb ich der Programmleiterin meines Verlags, dass ich zurzeit einen Film mit den Finanzbehörden NRW entwickelte und mich erst danach wieder auf den versprochenen Roman konzentrieren könne. Und dann bereitete ich dieser unsäglichen Bewirtungssache ein für alle Mal ein Ende. Ich schrieb:

Sehr geehrter Herr Füllhorn,

das Drehbuch schicke ich Ihnen selbstverständlich gern. Allerdings arbeite ich nicht mit

Microsoft Word, sondern mit der Drehbuchsoftware Final Draft für Mac. Alles, was ich Ihnen anbieten kann, ist also eine .fdx-Datei. Ich hoffe, das ist in Ordnung für Sie.

Mit freundlichen Grüßen
Tommy Jaud

Jetzt war mir nach Ruhe. Viel Ruhe.

Also schloss ich das Mailprogramm und schaltete mein Handy aus. Dann spazierte ich durch den nahegelegenen Hiroshima-Nagasaki-Park und spielte »Vier gewinnt« an den schmutzigen Scheiben des Japanischen Kulturinstitutes gegen mich selbst.

Ich verlor.

Zurück im Büro öffnete ich zitternd mein Mailprogramm. Herr Füllhorn hatte bereits geantwortet:

Sehr geehrter Herr Jaud,

eine .fdx-Datei ist kein Problem, der Sohn einer Kollegin kann sie mir konvertieren.

Gruß
Füllhorn

Dieses Mal antwortete ich, ohne nachzudenken.

Das freut mich. Allerdings ist das Drehbuch auf Hebräisch, die Produzentin ist aus Tel Aviv.

Die Antwort von Herrn Füllhorn kam binnen einer Minute.

Das ist mir egal.

Leider hatte ich just nach dieser Antwort meine Emotionen nicht gänzlich im Griff, woraufhin meine Tastatur durch den Aufprall die Buchstaben D, M, E und die Leertaste verlor. Immerhin: Für eine Nachricht an meine Frau funktionierte sie noch gut genug:

Konnzunix,nussarbitn.Kuss,Tonny

Nun, da meine Frau Bescheid wusste, verließ ich mein Büro, kaufte eine große Packung Zigaretten ohne Zusatzstoffe, eine Flasche Whiskey und eine neue Funktastatur. Ich nahm einen Schluck Whiskey, zündete mir eine Zigarette an und dachte nach. Herr Füllhorn wollte ein Drehbuch auf Hebräisch? Dann sollte er sein hebräisches Drehbuch haben!

Ich skizzierte noch einmal kurz die wesentlichen Handlungsfäden und Hauptfiguren, und dann schrieb ich einfach los. Wie im Wahn tackerte ich Dialoge und Regieanweisungen in meine neue Tastatur, ich war komplett im Tunnel. Gegen vier Uhr früh hatte ich die deutsche Fassung fertig, gegen fünf hatte ich diese mit Hilfe von Google auf Hebräisch übersetzt. Die Sonne war schon aufgegangen, da war es vollbracht: Die hebräische erste Fassung von »אפלה פשע קומדיית – דבש בצד« war fertig! Und als ich sie Herrn Füllhorn als .fdx mailte, überkam mich so etwas wie ein warmer Stolz. Ich war gut! Echt gut! Was ich sonst in einem Jahr nicht schaffte, hatte ich in nur einer Nacht geschrieben. Vielleicht sollte ich in Zukunft noch viel enger mit Finanzbehörden zusammenarbeiten. Produktiver war ich so in jedem Fall.

Zufrieden mit meinem Nachtwerk, kaufte ich Brötchen und ging nach Hause. Meine Frau war bereits in ihrem Büro. Ich frühstückte, schaltete mein Handy aus und schlief ein wenig auf der Couch. Dann spazierte ich durch den Stadtwald, räumte zehn Dinge aus der Spülmaschine und kaufte für das Abendessen ein. Es gab Shakshuka, eine israelische Spezialität, die mir gut gelang und meiner Frau schmeckte.

Die Tage darauf blieb mein Handy aus. Ich nutzte die Zeit, um Altglas wegzubringen, und machte einen Termin beim Knetmännchen (meinem Physiotherapeuten). Der fand, ich sei sehr verspannt. Ich sagte, das könne wohl sein, und fragte, was man da machen könne. Er sagte, dass man da nichts machen könne.

Erst eine Woche darauf traute ich mich wieder in mein nach kaltem Rauch und Whiskey riechendes Büro. Ich lüftete, räumte auf und machte mir einen

Kaffee. Zitternd schaute ich in meine Mails, es waren 178. Eine davon war von Herrn Füllhorn.

Sehr geehrter Herr Jaud,

nach Prüfung Ihres Drehbuchs können die Aufwendungen für das am 21. 3. 18 im Chateau Marmont mit Wolfram Berndt besprochene Projekt »Schatz beiseite« nicht als Betriebsausgaben berücksichtigt werden. Eine Rücksprache mit der Tel Aviv University, Department of Film and Television, ergab zudem, dass Ihr Hebräisch grauenhaft ist und eine ernsthafte Absicht, marktkonforme Filmstoffe zu entwickeln, um daraus Erlöse zu erzielen, nicht erkannt werden kann. Beispielhaft hierfür sei dieser Dialog angeführt:

ןאוח

לומינ תמאב ינא לבא

הסט

יל הארת זא

Ich habe zudem eine sofortige Halbierung Ihrer Einkommenssteuer-Vorauszahlungen veranlasst, da ich es als unwahrscheinlich erachte, dass Sie in Zukunft noch Erlöse erzielen.
Die Prüfung ist hiermit abgeschlossen.

Mit freundlichen Grüßen
Füllhorn

Im Theater sagt man, dass eine Situation für eine Weile steht. In meinem Fall saß ich für eine Weile. Vor dem Bildschirm. Einfach so. Teils, ohne zu atmen. Ich muss zugeben, dass mich Füllhorns eiserne Zeilen bis ins Mark trafen. Als Mensch, als Steuerzahler, vor allem aber als Autor. Und ja, vielleicht ist der Beschneidungsdialog zwischen Tessa und Juan ein wenig unglaubwürdig (Juan sagt, er sei beschnitten, und Tessa sagt, das solle er ihr mal zeigen).

Lediglich meine Steuerberaterin war voll des Lobes am Telefon: Eine Minderung der Einkommenssteuer-Vorauszahlung nach einer Betriebsprüfung, das habe sie noch nie erlebt.

Als ich ihren Anruf entgegennahm, war ich schon am Frankfurter Flughafen mit Ziel Los Angeles, wo mich mein Freund Wolfram abholen würde. Denn eines hatte ich mir geschworen: Bis zur Hollywoodpremiere des Blockbusters »Schatz beiseite« würde ich keinen deutschen Boden mehr betreten. Und ja, ich beabsichtige, Erlöse zu erzielen, und zwar genau 100 Millionen US-Dollar.

Die Satire ist hiermit abgeschlossen.

NOCH SIEBEN STOPPS

An jenem sonnigen Morgen war ich voller Vorfreude angesichts meines anstehenden Arbeitstages. Der Grund: Zum ersten Mal, seit ich ein Schreibgerät in meinen Fingern hielt, würde ich eine Abgabefrist einhalten können: Mein Drehbuch für »Hummeldumm« war fertig. Also fast. Eine einzige Änderung musste ich noch einfügen, dann konnte ich es der Produktionsfirma mailen.

Jacke und Schuhe hatte ich bereits angezogen, da erhielt ich die Meldung, dass sich mein online bestelltes Buch »Erfolg durch Fokus und Konzentration« von Dr. Jan Höpker bereits in Zustellung befand. Ich war entsetzt. Warum denn heute schon? Ich hatte das Buch doch erst gestern während des Meditierens bestellt. Sollte ich nun warten oder ins Büro fahren und das Drehbuch versenden? Ratlos setzte ich mich auf unseren gelben Pouf neben der Garderobe und klickte mich weiter zu den Sendungsdetails. DHL war noch exakt sieben Stopps von unserer Wohnung entfernt. Wie lange dauerte wohl ein Stopp? Fünf Minuten? Zehn? Eine Stunde? Man wusste es nicht. Immerhin hieß es: Lieferung vor 22 Uhr. So lange würde ich unmöglich warten können. Auf der anderen Seite war das Buch sicher nützlich für mich und mein zerfleddertes Zeitmanagement.

Ich beschloss, auf die Lieferung zu warten, denn alles andere würde nur Zeit kosten und mir meinen präzise geplanten Arbeitstag verhageln. Ich kannte mich ja: Die Ungewissheit über den Verbleib meiner Sendung würde mich so durcheinanderbringen, dass ich das Drehbuch nicht würde lesen und verschicken können. Und sieben Stopps – länger als eine Stunde konnte das ja nicht dauern.

Also zog ich Jacke und Schuhe wieder aus, machte mir einen grünen Tee und lehnte mein Handy an unseren gelben Serviettenspender. Ich sah sogar die exakte Position meines Ratgeberbuchs: Eine Karte zeigte einen großen gelben Wagen direkt neben der Möhren-Apotheke (Aktivisten hatten unlängst zwei Punkte über das O gesprayt, vermutlich frustrierte Sachsen).

Es war nun exakt eine Minute vor elf. Ich machte mir einen zweiten Tee und räumte die Spülmaschine aus. Als ich wieder aufs Handy blickte, waren es nur noch fünf Stopps. In einer guten halben Stunde würde es klingeln, ich würde mein »Fokus«-Buch annehmen und ins Büro fahren. Endlich mal machte ich es mir nicht unnötig kompliziert. Wobei ich mir das Buch natürlich gleich ins Büro hätte schicken lassen können, aber da hätte mich der Bote vermutlich mitten im Schreiben gestört.

Die Zeit zwischen Stopp vier und drei verbrachte ich ganz entspannt damit, unser Gewürzfach einer gründlichen Prüfung zu unterziehen. Ich fand eine Dose Thymian mit Ablaufdatum 2011, eine Packung Pizzamehl mit lustigen Tierchen drin und eine Gemüsebrühe für 2 Mark 49. Als ich den Schrank ausgewischt und zwei Riegel Raider gegessen hatte (ekelhaft; gut, dass es die nicht mehr gibt), war der gelbe Wagen immer noch bei Stopp drei. Ich starrte auf die Karte. Der Wagen stand vor dem Clarenbachstift, einem Altersheim mit 467 Zimmern. Was, wenn da alle Einwohnenden je eine André-Rieu-CD bestellt hatten?

Mittlerweile war es halb eins. Aber sollte ich jetzt noch aufgeben? Natürlich nicht, denn auch wenn es nun vielleicht etwas länger dauern würde, so hatte ich immer noch den kompletten Nachmittag und meinen rettenden Ratgeber. Also widmete ich mich der nachhaltigen Pflege unseres geschundenen Parkettbodens, den Blick nicht vom Handy lassend. Und meine Geduld wurde belohnt: Ich entsorgte gerade die Q-Tips, mit denen ich die Fußleisten entstaubt hatte, da bekam ich die Info, dass der Wagen nur noch zwei Stopps entfernt war. Aufgeregt prüfte ich die Funktion unserer Klingelanlage, ging vorsichtshalber sogar noch einmal auf die Toilette und nahm ein Mittel gegen Durchfall. Ich hatte zwar keinen, aber sicher ist sicher: Allein der Gedanke, dass es klingelte, während ich auf dem Klo war, trieb mir den Schweiß auf die Stirn. Dann ging alles rasend schnell: nur noch ein Stopp! Erfreut zog ich Jacke und Schuhe wieder an und schulterte meine Bürotasche. Ich würde nichts riskieren und den Zusteller noch vor unserer Haustür abfangen. Dann konnte ich direkt zur Straßenbahn und ins Büro!

Eine gute Viertelstunde stand ich vor unserer Haustür. Da die Kölner Abfallwirtschaftsbetriebe just jetzt krakeelend wie holländische Fußballfans über die Tonnen unserer Straße herfielen, war dies kein großes Vergnügen. Ich schaute auf mein Handy. Immer noch ein Stopp, es konnte sich also nur um Minuten handeln. Ich vertrieb mir die Zeit, indem ich die gelben Tonnen der Hausnummern 3 bis 21 korrekt neben die jeweiligen Haustüren stellte. Erst dann zog ich das Handy wieder aus der Hosentasche. Immer noch ein Stopp? So langsam wurde ich sauer. Und hungrig. Es war ja schon kurz nach eins. Ich klickte auf die Karte und sah den Wagen auf dem Parkplatz des Stadtwaldes.

Mir kam ein schlimmer Verdacht, und ich googelte *Machen DHL-Fahrer Mittagspause?*.

Die Antwort ließ mich erstarren: *DHL-Paketfahrern steht eine gesetzlich vorgeschriebene Pause zu. Diese machen sie so, wie es gerade in die Tour passt, und gern an abgelegenen Orten,* hieß es auf gutefrage.de. Okay. Natürlich hätte ich diese Info auf *schlechte-antwort.de* verifizieren müssen, aber es klang glaubwürdig.

Ich setzte mich auf mein Rad und raste zur Position des Zustellers. Und ich hatte Glück: Der Wagen stand noch da. Am Steuer saß eine Apfel essende blasse Frau. Höflich fragte ich, ob ich sie kurz stören dürfe, und zeigte die DHL-App mit der Sendungsnummer für meine Sendung.

»Ah. Is mein nächster Stopp!«

»Ich bin ja aber schon hier.«

»Ich mach Pause!«

»Ich weiß, tut mir leid. Wäre supernett, wenn Sie kurz schauen könnten. Ich hab ein Buch bestellt, das echt wichtig ist für mich.«

Endlich legte sie ihren Apfel zur Seite, stieg aus dem Wagen, erklomm das komplett zerdellte Trittbrett und öffnete die Ladetür. Keine fünf Sekunden später hatte sie einen großen braunen Packumschlag in der Hand.

»Jaud, Tommy?«

»Ja. Das ist supernett. Danke.«

»Dann brauch ich nur noch kurz Ihren Ausweis, bitte.«

»Sorry, aber mein Portemonnaie ist noch zu Hause.«

»Dann kann ich Ihnen die Sendung leider nicht geben.«

Ich spielte kurz mit dem Gedanken, ihr den Umschlag zu entreißen und mit meinem Rad Richtung Tierpark zu flüchten, um mich dort hinter den Rebhühnern zu verstecken.

»Bitte!«

»Ich darf es nicht.«

»Es ist doch nur ein Taschenbuch, kein Smartphone!«, flehte ich und blickte in leere Augen.

»Tut mir leid. Fahren Sie nach Hause, ich komme dann ja gleich!«

»Sicher?«

»Ja. Darf ich jetzt noch kurz Mittag machen?«

»Wenn es unbedingt sein muss!«, sagte ich, doch da knallte schon die Tür zu.

Aufgewühlt fuhr ich zurück, holte mein Portemonnaie mit dem Perso und wartete vor der Tür. Unser Hausmeister putzte gerade das Treppenhaus. Ich fragte, wie es ihm ging.

»Muss!«

»So schlimm?«

»Ja. Und Sie? Heute keine Arbeit?«

Ich sagte ihm, dass auch ich lieber arbeiten würde, aber auf DHL warten musste.

»Die waren doch eben da!«

»Was?«

Rasend vor Wut sprang ich auf mein Rad und fuhr auf die Hauptstraße. Die Apfelesserin war nicht weit gekommen, der Wagen stand keine hundert Meter um die Ecke und mit Warnblinker vor der Braunsfelder dm-Filiale. Ich stutzte: In einem Wühlkorb vor dem Store lag ein Exemplar von genau dem Buch, auf das ich wartete. Und dies hier war sogar billiger.

Aber egal, ich hatte meines ja schon bezahlt, und es war definitiv in diesem verdammten gelben Wagen mit dem Pausenclown am Steuer. Dachte ich, aber der Fahrersitz war leer.

Ich schaute mich um. Vielleicht war sie ja im Haus mit der offenen Tür? Ganz bestimmt sogar! Ich eilte hinein und rief »Hallo!«. Keine Antwort. Ich blickte noch einmal auf die Straße, dann erklomm ich die Treppe bis ganz oben zum sechsten Stock, wo ein vergilbter, trauriger Herr im Bademantel in der Tür stand und mich trüblinsig musterte. Ditsche?

»Sind Sie von DHL?«, hüstelte er.

»Nein, bin ich nicht. War sie denn … schon hier?« Auch ich atmete schwer nach dem Aufstieg.

»Das letzte Mal vor zwei Jahren.«

»DHL?«

»Meine Tochter. Sie wohnt jetzt in Berlin. Aber sie hat ein Paket geschickt.«

»Das ist nett!«

»Da ist Baumkuchen drin und Bücher für mich in Großschrift, hat sie gesagt.«

Ich seufzte und tröstete den alten Herrn.

»Das Paket kommt sicher noch. Der DHL-Wagen steht ja schon vor der Tür.«

»Oft klingeln die gar nicht …«

»Ich weiß!«

»Und dann muss ich zur Post!«

»Ja, so machen die das.«

»Gunter! Ich heiße Gunter!«

Um nicht in eine endlose Honigkopf-Schleife zu geraten, trat ich freundlich den Rückzug an.

»Ich schick sie direkt zu Ihnen, wenn ich sie sehe!«

»Meine Tochter?«

»Nein, DHL!«

»Oft klingeln die gar nicht.«

»Ja, so machen die das!«

Stock für Stock sprang ich nach unten, aber alle Haustüren waren zu, und vor keiner lag ein Paket. Als ich unten ankam, war der gelbe Lieferwagen verschwunden. An der Türklingel klebte ein gelber Zettel für Herrn Gunter, er solle sein Paket in der Filiale abholen. Was für eine Frechheit! Ich überlegte kurz, dann riss ich den Zettel ab, steckte ihn ein und klickte auf die DHL-App. Immer noch ein Stopp? Natürlich! Aber nicht mit mir!

Eine halbe Stunde später hatte ich das DHL-Logistik-Center im Ehrenfelder Industriegebiet erradelt und legte mich auf die Lauer nach dem Lieferwagen mit dem zerbeulten Trittbrett. Schickte ich das Drehbuch halt morgen weg, jetzt ging es ums Prinzip! Es dauerte nicht lange, da kam ein gelber Lieferwagen nach dem anderen aufs Gelände gefahren. Unglücklicherweise hatten alle zerbeulte Trittbretter. Nach einer guten Stunde war der komplette Parkplatz gelb, der Himmel hingegen färbte sich von hell- zu tiefblau und schließlich schwarz. Es war dunkel. Ich blickte auf mein Handy: kurz nach 18 Uhr. Dann sah ich eine Nachricht von 13 Uhr 21: *Ihre Sendung wurde zugestellt. Unterschrieben von: Briefkasten.*

Ich rief meine Frau an. Sie war bestens gelaunt, weil unsere Wohnung nur so blitzte vor Sauberkeit und sie einen Auftrag für Disney+ bekommen hatte. Und bei mir?

»Alles gut«, sagte ich, legte auf und weinte.

Dann fuhr ich nach Hause, nahm meine Buchsendung aus dem Briefkasten und sagte meiner Frau, dass es mir sehr schlecht gehe und ich gleich ins Bett wolle. Sie hatte großes Verständnis und brachte mir sogar noch einen Tee. Als sie gegangen war, packte ich das Buch aus und begann zu lesen.

Am nächsten Morgen erwachte ich mit brennendem Leselicht. Das Buch war aufgeklappt zu Boden gefallen und zeigte ein Zitat des Begründers des Aikido: »Wasser braucht nicht zu kämpfen, es umfließt seine Gegner.«

Beeindruckt stieg ich unter die Dusche, und tatsächlich: Das Wasser umfloss mich, statt zu kämpfen. Gleich heute würde ich das Buch komplett durchlesen und mich mental stärken. Dann könnte ich morgen schon das Drehbuch auf den Weg schicken.

Zunächst freilich holte ich das Paket für den vergilbten Herrn Gunter von der am weitesten entfernten Postfiliale in Köln-Lövenich ab. Als ich es am

Nachmittag überreichte, freute er sich so sehr, dass er mich auf Kaffee und Baumkuchen einlud. Erst wollte ich ablehnen, doch dann erinnerte ich mich an meine Lektüre und umfloss meine Pläne einfach. Statt unnötig Energie in einem sinnlosen Kampf zu vergeuden, erfuhr ich alle Details der Schlacht bei Kursk von 1943.

Erst am nächsten Tag las ich, dass das Buch gar nichts für mich war. Der Autor schrieb: »Ungeduldige Menschen, die nach nicht existierenden Abkürzungen und Wunderpillen suchen oder einfach nur schnell eine Handvoll einfacher Tipps haben wollen, um sie blind anzuwenden, werden mit diesem Buch keine Freude haben.«

Enttäuscht legte ich das Buch zur Seite, änderte beim »Hummeldumm«-Drehbuch den Zeilenabstand der Titelseite von 1,5 auf doppelt und mailte es an die Produktionsfirma.

Bei einem Espresso bestellte ich mir das Buch »Die Gedulds-Wunderpille – Einfache Tipps für Ungeduldige, die Sie blind anwenden können«.

TOD BEI KARAOKE

Vor gut einer Woche fand ich in unserem Keller das wohl wichtigste Dokument meiner Karriere: den Vertrag über meinen ersten Witz. Das vergilbte Dokument datierte vom 3.11.1994 und bestand aus einer einzigen Seite. Darauf stand:

ATLANTIC MEDIA GmbH beabsichtigt, den unten aufgeführten Witz RTL-Television Köln zur Verwendung im Rahmen der Sendung »RTL SAMSTAG NACHT« vorzuschlagen. Der Autor, Tommy Jaud, erklärt sich damit einverstanden, dass sein Witz mit dem Titel

Tod bei Karaoke *mit DM 250*

vergütet und in einer der Folgen der oben genannten Show gesendet wird.

Aufgeregt rannte ich nach oben in unsere Wohnung und zeigte den Vertrag meiner Frau. Diese zeigte sich amüsiert über meinen Fund und fragte mich, wie der Witz denn ging.

Ich blickte sie ratlos an.

Wie der Witz ging.

Leider bot mir mein Gehirn statt einer gelungenen Pointe nur eine ohnmächtige Leere. Unfassbar, aber wahr: Ich hatte den Witz vergessen! Und zwar nicht nur die Pointe, einfach alles. »Tod bei Karaoke« sagte mir in etwa so viel wie einem kaukasischen Karussellbremser das Wort »Wahlkampfmanager«.

»Du kennst deinen ersten bezahlten Witz nicht mehr?«

Meine Frau zog ihre linke Augenbraue nach oben und blickte mich ungläubig an.

»Das ist ja jetzt auch gut dreißig Jahre her!«, verteidigte ich mich.

»Und deine erste Freundin hieß?«

»Laure Duplessy!«

»Dein erstes Auto war?«

»Ein eierschalenfarbener Peugeot.«

Immerhin konnte ich meiner Frau beweisen, dass ich nicht an vorzeitiger Demenz litt, sondern einfach nur meinen ersten Witz vergessen hatte. Sie gab dennoch nicht auf.

»Aber du bist doch Comedy-Autor. Da vergisst man doch nicht seinen ersten Witz!«

»Er fällt mir sicher wieder ein. Immerhin kenne ich meinen zweiten! Der war auch für ›Samstag Nacht‹, und die Schlagzeile war: ›Der Bundestag soll verkleinert werden.‹«

»Und die Pointe?«

»Er heißt ab sofort Bundesvormittag!«, führte ich stolz aus und lachte sicherheitshalber selbst.

Meine Frau lachte nicht. Sie packte ihre Sachen für die Arbeit und verabschiedete sich mit einem Kuss: »Vergiss den Witz. Sonst kommst du wieder zu nix.«

»Ich hab ihn ja schon vergessen!«

»Dann belass es dabei. Ist er halt weg, der Witz. Bis zum Bundesfeierabend!«

Sprach's und ließ mich ungeduscht und gedemütigt in unserer Wohnung zurück.

Vielleicht hatte sie ja recht. Mein erster Witz, na und? Keine Sau interessierte sich mehr dafür. Außer halt ich. Für meinen neuen Roman hingegen interessierten sich viele: mein Verlag, Gaby Scheller, ja sogar meine Sparkasse.

Also duschte ich mich, zog mich an und griff nach meinen Büroschlüsseln. Dann versank ich mitsamt der alten Verträge tatkräftig auf unserer Wohnzimmercouch.

Tod bei Karaoke. Das konnte doch nicht wahr sein! Wie ging der denn?

Sicher irgendwas mit der Kelly Family, über die hatten wir ja tausend Witze gemacht in den Neunzigern. Oder war es was ganz anderes? Ich googelte die Top Hits des Jahres 1994: »Cotton Eye Joe« von Rednex, »Somewhere over the Rainbow« von Marusha und »Love is all around« von Wet Wet Wet. War vielleicht jemand ausgerutscht auf der Bühne?

Nicht lustig. Ich wurde unruhig. Dieser Witz war nicht irgendein Witz, er war der Beginn meiner Laufbahn als Comedy-Autor. Mein erstes Honorar! Wie konnte ich ihn vergessen? Das war ja gerade so, als ob man Madonna nach »Like a Virgin« fragte und die dann ahnungslos mit den Schultern zuckte.

Und warum wusste ich meinen zweiten Witz noch, den ersten aber nicht? Ich wurde wütend auf mich selbst. Und beschloss, meinen ersten Witz zu finden.

Auf dem alten Vertrag stand eine Telefonnummer mit Hürther Vorwahl. Einen Versuch war es wert. In den Hürther TV-Studios wurde noch immer jede Menge Unsinn gedreht, und vielleicht hob ja irgendjemand ab, Kai Pflaume zum Beispiel. Es hob aber keiner ab, die gewählte Nummer war nicht vergeben, hieß es. Kein Grund, aufzugeben.

Ich tippte *Tod bei Karaoke* bei YouTube ein in der Hoffnung, meinen Witz von Stefan Jürgens oder Esther Schweins vorgelesen zu bekommen. Stattdessen sah ich Ergebnisse wie »Gott ist tot« aus dem Musical »Tanz der Vampire«, die Karaoke-Version von »Der Tod und das Mädchen« und »Happy End« mit Bibi & Tina.

Okay, dachte ich mir, mein erster Witz war also schon mal kein Jahrhundertereignis. Ich ergänzte die Suche nach *Tod bei Karaoke* um *RTL SAMSTAG NACHT,* schaute zwei Folgen »Kentucky schreit ficken« und drei »Märchen Män« mit Mirco Nontschew, den ich ja nun leider nicht mehr fragen konnte: »Ruckel die Kuh, ruckel die Kuh, ruckzuck ist Milch im Schuh!«

Ich sprang aus der Couch. Attik Kargar! Der war doch damals immer mit im Studio, also auch, als mein erster Witz lief! Eilig schrieb ich ihm eine WhatsApp. Attiks Antwort kam binnen einer Minute: *Sorry, sagt mir nix. Außerdem bin ich ja Egomane und erinner mich nur an meine eigenen Witze. Mein erster Sketch war »Dr. Best, der uns zeigt, wie man eine Tomate putzt!«. Gruß, Attik*

Ja, Scheiße. Attik kannte seinen ersten Sketch und ich nicht mal meinen ersten Witz! Immerhin gab er mir in einer zweiten Nachricht noch einen Tipp: *Frag doch mal den Urig, der war damals Chefautor!*

Natürlich, der Jürgen! Ein ganz feiner Kerl. Der hatte mich doch zu »Samstag Nacht« geholt. Leider ewig nicht gesehen. Ich rief die Nummer an, die ich noch hatte. Sie war nicht mehr vergeben. Bei Facebook gab's zwar ein neues Foto von ihm, aber keine Kontaktmöglichkeit. Schlimmer noch: Jürgen wohnte laut Facebook nun nicht mehr in Köln, sondern in Malchow, Brandenburg. Enttäuscht bereitete ich mir ein schnelles Mittagessen und dachte nach, wer die neue Nummer von Jürgen haben könnte. Ich schrieb meinem Ex-Kollegen Chris, mit dem ich für »Ladykracher« gearbeitet hatte. Chris antwortete auf

Thailändisch, vermutlich wegen unseres heftigen Streits, ob dressierte Affen Kokosnüsse pflücken sollten, durch den der Kontakt irgendwie abgebrochen war. Google Translate übersetzte mir, dass Chris die aktuelle Nummer von Jürgen nicht mehr hatte. Auf Finnisch reichte Chris einen Link zur Website der Tierschutzorganisation PETA nach. Ich bedankte mich auf Arabisch und bekam Chris' ersten Witz auf Japanisch: Es war der mit dem Frachtschiff, das Jo-Jos geladen hatte und 129 Mal sank. Ich wünschte ihm auf Dänisch einen schönen Abend, legte den Vertrag zur Seite und machte mir einen Espresso auf Italienisch. Dann beschloss ich, die Sache abzuhaken.

Meine Frau hatte recht. Ich verrannte mich hier in eine sinnlose Recherche. Außerdem hatte ich noch gute hundert Seiten für meinen Roman zu schreiben, da zählte jede Stunde.

Also fuhr ich ins Büro. In der Bahn erhielt ich eine WhatsApp von Attik, der darauf hinwies, dass wir in meiner »Samstag Nacht«-Zeit ja recht viel getrunken hätten im Mexican Food House auf der Luxemburger Straße. Vielleicht hätte ich mir den Witz ja unwiederbringlich weggesoffen?

Ja, vielleicht. Aber warum wusste er dann seinen Dr.-Best-Sketch noch? War ja jetzt auch egal, wo ich im Kopf ohnehin schon fast wieder bei meinem Roman war. Dann war ich halt der einzige Idiot, der seinen ersten Witz vergessen hatte. Bestimmt war er echt mies, und mein Gehirn hatte ihn in einer Art

Selbstschutz eliminiert, um meine Karriere nicht zu gefährden.

Konzentriert betrat ich mein Büro. Es war kurz nach zwei Uhr nachmittags, ich hatte also noch viele wertvolle Stunden Romanzeit gerettet. Auf der anderen Seite: Wenn der Witz tatsächlich schlecht gewesen wäre, dann wäre er ja nicht gesendet und bezahlt worden, dann hätte ihn Karim ja herausgeschnitten.

Karim! Hatte ich die Nummer noch? Ja!

Zitternd textete ich um Hilfe. Anschließend fuhr ich meinen Rechner hoch und tippte »Kapitel 21« auf die Seite. Dann machte ich die 21 fett und dann kursiv.

Als Karim die Nachricht auch nach einer halben Stunde immer noch nicht gelesen hatte, unterstrich ich die 21 und ging auf den Balkon, wo ich mir eine zwei Jahre alte Zigarette anzündete und auf den Baum starrte, den ich nun wirklich mal googeln musste. Weil ich wusste, wie Birken aussahen, tippte ich, dass es keine war.

Tod bei Karaoke. Der Witz beziehungsweise die Pointe konnte ja nur aus einem Song, der Todesart oder der darstellenden Person bestehen. Oder aus einer Kombination von allem. Also so was wie: Tod bei Karaoke: Ein tschechischer Tourist verschluckte sich bei »Da Da Da« an drei Vokalen. Nur halt in lustig.

Dann endlich vibrierte mein Handy. Ich drückte

meine Kippe aus und las die Nachricht. Sie war von Karim, dem damaligen Cutter der Show. Er erinnere sich nebulös und schlage vor, Holger zu fragen, den Producer der Show, der habe ein Gedächtnis wie ein Elefant. Ich schickte Holger eine Sprachnachricht und fragte, wie es ihm denn so gehe nach all den Jahren, und natürlich verpackte ich auch meine Frage nach dem Witz. Statt einer Antwort von Holger bekam ich eine serbische Textnachricht von Chris: *Wie ich dich kenne, hatte es was mit den hüpfenden Karaoke-Bällchen zu tun.*

Das war ein guter Punkt! Aber wie sollte man an Karaoke-Bällchen sterben? Es war wirklich zum Verrücktwerden.

Ich bedankte mich auf Kroatisch, vergrößerte die 21 auf 24 Punkt Arial und lief in die Luxemburger Straße; vielleicht würde mir in der vertrauten Umgebung von damals der Witz wiederkommen. Leider hieß das Mexican Food House inzwischen Phong Lan und der Besitzer Ngô statt José. Ich fragte trotzdem nach Tod bei Karaoke. Volltreffer: Der Schwager von Ngô war tatsächlich in einer Karaokebar gestorben, und zwar an einer Kohlenmonoxidvergiftung! Der Besitzer hatte seine Bar nach einem Stromausfall einfach mit einem Benzingenerator weiterbetrieben. Wie durch ein Wunder kamen alle ums Leben.

Ich entschuldigte mich und bestellte mir eine Pho Bo und einen Saigon-Cocktail. Beide Bestellungen erwiesen sich zwar als überaus lecker, brachten mich aber keinen Schritt weiter auf der Suche nach meinem Witz. Beim zweiten Cocktail meldete sich endlich auch der ehemalige Producer Holger auf meinem Handy. Schön sei es, mal wieder von mir zu lesen, und wegen des Karaoke-Witzes: Ja, irgendwas klingele in den Untiefen seines Gedächtnisses. Am besten, ich riefe Jacky Dreksler oder Roland Kaiser an, die damaligen Produzenten und Geschäftsführer von Atlantic Media. Es folgten zwei Rufnummern. Ich bestellte meinen dritten Cocktail. Roland Kaiser? Santa Maria! Ich glaub, es geht schon wieder los. Ich ruf doch jetzt nicht Roland Kaiser an und frag ihn nach meinem dreißig Jahre alten Witz! Lieber trink ich noch sieben Fässer Saigon.

Nach sieben Fässern Saigon rief ich Roland Kaiser an. Obwohl er mich nicht kannte, war er sehr nett, aber ebenso ratlos wie alle anderen, und riet mir, Jacky Dreksler anzurufen, was ich sofort tat. Jacky empfahl mir, ins Mexican Food House zu fahren, sicher würde mir dort der Witz wiederkommen.

»Und wenn nicht?«, fragte ich.

Dann solle ich Urig fragen, den damaligen Chefautor. Der habe sich einst mit dem Alte-Meister-Spucker-Sketch beworben. Super, dessen ersten Witz kannte Jacky also noch!

Ich leierte, dass ja inzwischen bereits fast ein Dutzend Ex-Kollegen nach der Pointe zum Karaoke-Witz suchten, da bräucht ich nicht noch den Urig, aber Jacky behauptete, der könne mir garantiert weiterhelfen. Leider hatte er keine Telefonnummer für mich, weil Urig jetzt in Brandenburg wohne, kein Handy mehr habe und seit seinem Autorenjob bei »Allererste Sahne – wer backt am besten?« auch nicht mehr auf Bildschirme schaue. Mit der Postadresse könne er aber dienen. Er schickte sie mir auf mein Handy.

Ich bezahlte meine sieben Fässer Saigon, ließ mich im Taxi nach Hause schaukeln, übergab mich vor dem Garagentor und krachte vorsichtig neben meiner bereits schlafenden Frau ins Bett.

»Da bist du ja. Hast du eine neue Zahncreme? Mit Mango-Limette-Kotze?«

»Ich fahre nach Brandenburg morgen, Schatz.«

»Natürlich. Schlaf gut!«

Auf der knapp siebenstündigen Zugfahrt nach Malchow nahm ich drei zäpfchenförmige Ibuprofen zu mir, die ich in unserem Arzneifach gefunden hatte. Sie schmeckten fürchterlich und schäumten wie wild, aber sie wirkten. Als ich gegen 19 Uhr 58 in die Regionalbahn 15 zur Inselstadt Malchow stieg, war ich katertechnisch so gut wie entelendet, lediglich die Telefonkonversation mit meiner Frau erwies sich als mühsam; unwissend ob meiner Außerhäusigkeit hatte sie leckere Chicken Burritos für unser Abendessen vorbereitet. Ich bedauerte dies zwar, musste aber widersprechen: dass ich nach Brandenburg führe, hatte ich ihr ja noch im Bett gesagt. Dann erklärte ich ihr, dass ein Leben ohne die Kenntnis über meinen ersten Witz zwar möglich, aber sinnlos war, und merkte erst spät, dass keiner mehr am Telefon war.

Also genoss ich die Bahnfahrt über Warenshof, Schwenzin, Jabel und Nossentin. Malchow empfand ich trotz der einsetzenden Dämmerung als überaus pittoresk. In der kleinen Dorfkirche zündete ich eine Kerze für meinen Karaoke-Witz an und betete zu allen mir bekannten Göttern um Beistand. Dann spazierte ich in den Tannenweg 14 und klingelte an einem Fachwerkhaus aus rotem Stein.

Jürgen öffnete mit einer Tasse Tee und wirkte überaus erfreut, mich zu sehen. Er sah aus wie immer, nur entspannter.

»Mensch, Tommy, alter Klappnasen-Kaiman. Is ja der Wahnsinn. Was treibt dich denn hierher um die Zeit?«

»Mein erster Witz!«

»Echt? Meiner war der Alte-Meister-Spucker. Ein Künstler, der auf Zuruf alte Meister nachspucken konnte. Den hatte ich als Bewerbung geschrieben.«

»Aber ... wie soll das gehen? Alte Meister nachspucken?«

»Eben. Er wurde nie umgesetzt, weil ihn keiner verstanden hätte.«

»Na egal, Hauptsache, du weißt ihn noch.«

»Na ja, war mein erster Witz. Komm doch rein.«

Jürgen bekam nicht oft Besuch und genoss unseren Schwatz über die alten Zeiten. Sogar sein Yogazimmer bot er mir an. Er war ein wenig älter geworden und erwiderte dies, was mich betraf, was mich ein bisschen beleidigte. Jürgen wirkte zufrieden und irgendwie in seiner Mitte. Vermutlich, weil er seinen ersten Witz noch kannte. Der Alte-Meister-Spucker. Schade, dass ihn keiner verstanden hatte. Schließlich klagte ich Jürgen mein Leid und zeigte ihm meine alten Atlantic-Media-Verträge. Interessiert schob er seine Lesebrille auf die Nasenspitze und blickte schließlich amüsiert auf mich. Wusste er was? Hatte er ihn? Aufgeregt rutschte ich auf dem Stuhl hin und her. »Und? Erinnerst du dich?«

»Nein. Aber der Vertrag für ›Tod bei Karaoke‹ ist vom 3. 11. 1994. Und ›Bundestag‹ ist vom 27. 10. 1994. Dein erster Witz, das war der Bundesvormittag.«

»Nicht dein Ernst!«

»Doch. Schau!«

Ich riss die Verträge an mich. Und tatsächlich. In meiner Aufregung hatte ich nicht auf das Datum geschaut.

Eine unfassbare Erleichterung durchfloss meinen Körper. Ich lachte irr und umarmte Jürgen.

Ich blieb insgesamt vier Wochen im schönen Malchow.

Jürgen und ich kochten vegetarisch, machten Yoga, spazierten an den Seeufern entlang und spuckten alte

Meister nach. Besonders gut gelang mir »Die Rückkehr des verlorenen Sohns« von Rembrand. Nach drei Tagen konnte ich den Sonnengruß inklusive der Krieger eins, zwei und drei und als Hund rauf- und runterschauen. Mit jedem Tag wurde ich ruhiger und entspannter. Und mit jedem Spaziergang verstand ich mehr, warum Jürgen das aus allen Nähten platzende Kachelkalifat namens Köln verlassen hatte, dieses toleranzbesoffene Nichts aus Karneval, FC und Dom. Hier, zwischen den ganzen Seen, war es ehrlicher, authentischer, ruhiger.

Und dann geschah eines Morgens etwas Unfassbares: Ich begann an meinem Roman zu arbeiten. Ohne jede Ablenkung durch Handy, Computer oder Internet schrieb ich ihn in nur drei Wochen zu Ende. Sogar den Namen des Baums vorm Bürofenster recherchierte ich: Es *war* eine Birke. Als ich meiner völlig überraschten Lektorin meinen Roman mailte, gestand sie mir, dass sie das Projekt eigentlich schon abgeschrieben hätten und mein Honorar an Fitzek überwiesen. Sie fragte mich nach dem Grund für meinen Arbeitsschub.

Ich antwortete, dass es da noch eine Sache in meiner Vergangenheit gegeben habe, die ich erst jetzt und mit fremder Hilfe verarbeitet hätte.

Sie zeigte sich überaus beeindruckt, dass ich diesen Weg gegangen sei, lobte meine Arbeit und erkundigte sich nach dem Namen der Klinik. Ich gab die Tagesklinik am Friesenplatz an, in der sie mich ja schon einmal besucht hatte. Das Schwierigste freilich stand mir noch bevor: Ich musste meiner lieben Ehefrau beichten, dass sich die Städteparodie Köln für mich erledigt hatte und ich uns ein Haus an einem See bei einer richtigen Stadt suchen würde. Ob in Warenshof, Schwenzin oder Malchow, das dürfe sie sich aussuchen.

Irgendwie wollte ich meinen Alltag verkleinern. Ich wusste auch schon, wie: Er hieß ab sofort Allvormittag.

🤟😎

DISCLAIMER

Ich habe in meinem Buch diverse Marken, Firmen und Länder genannt. Vielleicht sollten Sie wissen, dass diese Nennungen rein kreativer Natur sind und mir dadurch leider keinerlei Vorteile entstehen. Das mag naiv sein, aber eben auch der Unterschied zwischen einem Autor und einem Influencer.

Natürlich hoffe ich noch auf Freikarten für die Karpfenfang-WM am See Deseda, ein Schnupperpraktikum in einem nordkoreanischen Kernkraftwerk und ein kostenloses BILDplus-Handyabo.

Das war's auch schon, Sie können das Buch jetzt weglegen oder verleihen und noch mal kaufen, dann freut sich der Verlag. Nur wenn ich's persönlich unterschrieben hab und es dann bei eBay finde, dann ist der Teufel los.

Und jetzt setze ich mich an meinen Roman. Obwohl … Ist auch schon wieder nach 16 Uhr, und gleich kommt »Zwischen Tüll und Tränen« …

Köln, im August 2022